Alina Bronsky
Barbara stirbt nicht

Das Buch

Warmherzig und mit bitterbösem Witz erzählt Alina Bronsky in ihrem neuen Roman, wie der unnahbare Walter Schmidt sich am Ende seines Lebens plötzlich neu erfinden muss: als Pflegekraft, als Hausmann und fürsorglicher Partner, der er nie gewesen ist in all den gemeinsamen Jahren mit seiner Frau. Und natürlich geht nicht nur in der Küche alles schief. Doch dann entdeckt Walter den Fernsehkoch Medinski und dessen Facebook-Seite, auf der er schon bald nicht nur Schritt-für-Schritt-Anleitungen findet, sondern auch unverhofften Beistand. Walters Fassade beginnt zu bröckeln – und mit ihr die alten Gewissheiten über sein Leben und seine Familie.

»Barbara war perfekt, dachte er überrascht. Natürlich gab es auf der Welt noch mehr alte Frauen, schon wegen der Statistik, aber Herr Schmidt hatte sie alle gesehen: kein Vergleich zu Barbara.«

Die Autorin

Alina Bronsky, geboren 1978, lebt in Berlin. Ihr Debütroman »Scherbenpark« wurde zum Bestseller und fürs Kino verfilmt. »Baba Dunjas letzte Liebe« wurde für den Deutschen Buchpreis 2015 nominiert und ein großer Publikumserfolg. 2019 erschien ihr Roman »Der Zopf meiner Großmutter«, der ebenfalls wochenlang auf der Spiegel-Bestsellerliste stand.

Alina Bronsky

Barbara stirbt nicht

Roman

Kiepenheuer & Witsch

FSC
www.fsc.org
MIX
Papier | Fördert gute Waldnutzung
FSC® C083411

2. Auflage 2025

Covergestaltung Barbara Thoben, Köln
Covermotiv: © Rüdiger Trebels
Satz PrintCSS
Druck und Bindung CPI books GmbH, Leck

ISBN 978-3-462-00682-7

Als Herr Schmidt Freitagfrüh aufwachte und den Kaffeeduft vermisste, dachte er zuerst, dass Barbara im Schlaf gestorben sein könnte. Das war zwar eine absurde Vorstellung – Barbara war gesund wie ein Pferd –, noch abwegiger schien allerdings die Möglichkeit, dass sie verschlafen haben könnte. Sie verschlief nie. Doch als er sich im Bett umdrehte und sah, dass die Betthälfte neben ihm leer war, schien ihm plötzlich am wahrscheinlichsten, dass Barbara auf dem Weg in die Küche tot umgefallen war.

Herr Schmidt richtete sich auf und steckte die Füße in die Pantoffeln. Seine Nasenflügel bebten sehnsüchtig, das vertraute Aroma vermissend. Was auch immer Barbara zugestoßen war: Wenn sie es vorher geschafft hätte, den Kaffee aufzusetzen, wäre der Duft auf jeden Fall die Treppe hochgestiegen und hätte das Schlafzimmer erreicht. Aromen ließen sich nicht einsperren. Herr Schmidt machte sich auf den Weg, hoffend, dass sie nicht die Treppe runtergefallen war. Wobei ihn das Gepolter vermutlich geweckt hätte. Andererseits vielleicht auch nicht: Barbara war eine leise Frau, schon immer gewesen.

Er kam nicht weit. Eine ungewohnte Stolperfalle ragte aus der halb offenen Badezimmertür. Herr Schmidt näherte sich, erkannte Barbaras Fuß, dann auch den Rest. Sie lag auf den Fliesen und schaute ihm aus einem Auge entgegen, während sich das andere mit Verzögerung und auch dann nicht komplett öffnete.

»Walter«, sagte sie. »Gib mir mal die Hand.«

Herr Schmidt beugte sich über seine Frau und versuchte, sie hochzuziehen. Barbara stöhnte und wehrte ihn ab, was ihm angesichts der Aufforderung, ihr zu helfen, recht unsinnig erschien. Sie drehte sich auf die Seite, stützte sich mit den Händen ab und kämpfte verzweifelt gegen die Schwerkraft. Herr Schmidt griff ihr unter die Achseln und zog sie hoch. Er warf ihren Arm um seinen Hals, brachte sie Schritt für Schritt zurück ins Bett und hob ihre überraschend schweren Beine auf die Matratze. Ihre Füße steckten noch in den gefilzten Hausschuhen, er zog sie ihr aus und stellte sie nebeneinander auf den Bettvorleger.

»Der Kaffee«, flüsterte Barbara.

»Schon gut«, sagte Herr Schmidt. »Ich brauch grad keinen.«

»Aber ich«, sagte Barbara.

Das war überraschend. Herr Schmidt stieg Schritt für Schritt die Treppe hinunter und sah sich in der Küche um. Das hier war Barbaras Reich, die Oberflächen glänzten ihm entgegen. Er hatte ihr zur goldenen Hochzeit eine neue Küche geschenkt, ein Sammelgeschenk für all die anderen Hochzeitstage und Geburtstage, an denen er nichts geschenkt hatte, und auch für alle künftigen, an denen er nichts schenken würde. Die Kaffeemaschine stand neben dem Herd, der Stecker war aus Gründen der Sicherheit und der Energieersparnis gezogen.

Herr Schmidt stöpselte ihn wieder ein. Er öffnete probeweise einen Schrank, dann den nächsten. Er hatte noch nie Kaffee gekocht, worüber sich seine Tochter Karin und ihre beste Freundin Mai bei ihren Besuchen jedes Mal amüsierten.

»Papa, du weißt wirklich nicht, wo das Kaffeepulver ist?«

»Ich mische mich nicht in Barbaras Angelegenheiten ein und sie sich nicht in meine.«

»Aber wenn sie mal nicht da ist? Oder nicht kann?«

»Warum sollte sie nicht da sein?«

»Das kann nicht dein Ernst sein, Papa. Du weißt nicht mal, wo die Milch steht.«

Das war natürlich eine unsinnige Unterstellung. Er wusste, dass die Milch in den Kühlschrank gehörte, auch wenn der weiß gefärbte Mist, der inzwischen als Milch verkauft wurde, wochenlang in der Sonne stehen konnte, ohne schlecht zu werden. Richtige Milch gehörte in den Kühlschrank.

Herr Schmidt öffnete die Schränke und setzte sich wieder hin, schaute von seinem Platz aus in den linken, dann in den rechten Schrank, Reis, Haferflocken, Grieß, Polenta, was zum Teufel lagerte da nur alles?

Seine nächste Idee war, Karin anzurufen und zu fragen, wie man Kaffee kocht. Als Frau musste sie so was wissen. Andererseits würde sie dann sofort merken, dass etwas nicht in Ordnung war. Sie würde Fragen stellen und Aufhebens machen. Das würde wiederum Barbara nicht gefallen, die sicher keine Aufregung wollte. Herr Schmidt schloss die Augen, der Kaffeedurst zermürbte ihn.

Der Kaffee war immer fertig gewesen, wenn er morgens in die Küche kam. Der Tisch gedeckt, zwei Teller, die Butter, der Brötchenkorb. Er setzte sich hin, Barbara schenkte ihm ein und fügte seiner Tasse die richtige Menge Milch hinzu. Er wusste nicht einmal das genaue Verhältnis. Wenn sie mal essen gingen, was eigentlich nie vorkam, tat sie ihm auch die Kaffeesahne rein.

Sein Blick streifte das Regal mit den Kochbüchern. Es waren zu viele, kein Mensch brauchte die alle. Die deutsche Küche, noch mal die deutsche Küche, die französische, die italienische, die vegetarische, Backen mit Liebe, Backen zu Weihnachten, Brotbacken für Fortgeschrittene. Herr Schmidt blätterte ein paar durch, alles keine Hilfe.

Plötzlich hatte er eine Eingebung. Die Dose mit dem Kaffeepulver sprang ihm ins Auge, er hatte sie tausendmal im Blick gehabt und doch nie wahrgenommen. Die Kaffeefilter standen genau daneben. Herr Schmidt steckte einen Filter in die Plastikhalterung, füllte ihn bis zum Rand mit dem schwarzbraunen Pulver, schlussfolgerte, dass trinkfertiger Kaffee wasserbasiert war, stöpselte die Maschine wieder aus, trug sie zum Wasserhahn und kippte sie leicht: etwas Kaffeepulver rieselte wieder heraus. Als er den Hohlraum im hinteren Teil der Maschine mit Wasser gefüllt hatte, stellte Herr Schmidt das Gerät wieder hin und schaltete es ein. Das einsetzende Gurgeln gab ihm recht.

Er ging Schritt für Schritt hoch ins Schlafzimmer, um nach Barbara zu sehen. Es war nicht ihre Art, morgens auf dem Badezimmerboden herumzuliegen, aber sie sagte nichts weiter dazu und hielt die Augen geschlossen. Man musste ja auch nicht über alles reden.

In der Küche war die durchsichtige Kanne bereits halb voll mit öliger schwarzer Flüssigkeit. Herr Schmidt probierte und spuckte aus. Er verdünnte das Gebräu mit Leitungswasser und fügte Milch hinzu. Der Durst war zu stark, er trank die Tasse in einem Zug aus, das einsetzende Sodbrennen ignorierend. Barbara aber war in Essensdingen mäkelig, ihr konnte er so etwas nicht anbieten.

Er leerte eine zweite Tasse und dachte nach.

Lebensmittel einkaufen war Barbaras Sache,

manchmal aber gab sie ihm eine kleine Einkaufsliste mit, wenn er sowieso mit dem Hund unterwegs war. Meistens sollte er beim Bäcker vier Wasserbrötchen, zwei Laugenbrezeln, zwei Mohn und zwei Vollkorn holen. Das war der Wocheneinkauf, den Barbara einfror und nach und nach zum Frühstück auftaute. Beim Bäcker roch es zu jeder Tageszeit nach Kaffee, und in der Ecke des Verkaufsraums röchelte eine Maschine. Herr Schmidt hatte sich immer gefragt, welche armseligen Gestalten hier ihren Kaffee kauften.

Er machte sich ohne Helmut auf den Weg, sosehr dieser auch mit dem Schwanz schlug und die Leine anhechelte. Helmuts vorwurfsvoller Blick durch die Milchglastür verfolgte Herrn Schmidt bis zur nächsten Straßenecke. Zum Bäcker brauchte er ohne Hund weniger als die üblichen elf Minuten.

Der Kaffee kostete unverschämte 2,80 Euro. Herr Schmidt war zwar grundsätzlich der Meinung, dass Lebensmittel ihren Preis haben sollten, aber alles hatte Grenzen. Das dicke Aushilfsmädchen warf ihm kaugummikauend Fragen ins Gesicht, die er gescheit mit »Nur Kaffee« abwehrte. Er sah nicht ein, warum er für die Milch extra zahlen musste, wo sie doch bessere zu Hause hatten. Ein paar Brötchen nahm er aber noch mit. Er trug den Pappbecher über die Straße. Weil er nichts verschütten wollte, war er diesmal deutlich langsamer. Mendel vom Nachbarhaus stand am Küchenfenster und glotzte grinsend. Herr Schmidt ignorierte ihn. Zu Hause angekommen, ging er am jaulenden Helmut vorbei in die Küche, kippte den mitgebrachten Kaffee in eine saubere Tasse, fügte Milch hinzu, probierte. Es schmeckte kalt.

Barbara lag immer noch im Bett. Sie schlug die Augen auf, als er sich von ihrer Seite näherte, auf die er sonst nie ging. Für einen Augenblick überraschte ihn die Perspektive, er sah seine eigene, unordentliche Betthälfte, den Abdruck seines Hinterkopfs auf dem Kopfkissen. Noch war unklar, ob Barbara heute dazu kommen würde, das Bett zu machen. Er reichte ihr die Tasse. Sie stützte sich auf den Ellbogen, probierte und lächelte mit einer Mundhälfte.

»Was?«, fragte Herr Schmidt. Dann erst fiel ihm auf, dass sich eine Wunde quer über ihre Schläfe zog. Musste er vorhin übersehen haben. Sie war bereits verkrustet, auch in den Haaren entdeckte er etwas trockenes Blut.

»Willst du dich nicht mal waschen?«

»Bin ich etwa schmutzig?«

»Ja.«

Er fand einen blassblauen Waschlappen im Bad und feuchtete ihn an. Barbara wischte sich den Mund und die falsche Hälfte des Gesichts ab.

»Bin etwas schwach«, sagte sie.

»Das sehe ich.« Er wollte nicht gereizt klingen. Er hatte noch nicht gefrühstückt und schon so viele

Schritte gemacht wie sonst an manchen ganzen Tagen nicht.

Auf dem erneuten Weg in die Küche lief Herr Schmidt am Telefon vorbei, das auf dem kleinen Beistelltisch im Flur stand, daneben der Zettel mit Karins Nummer und die Liste mit den Nummern vom Notarzt, dem Hausarzt und der Frau Pfarrerin. Sebastians Nummer kam an vierter Stelle, dabei wohnte er in der Nähe, aber im Gegensatz zu Karin hatte er Familie.

Herr Schmidt aß normalerweise keine Fleischwurst zum Frühstück, aber an diesem Morgen hatte er keine Wahl. Er schnitt sich ein großes Stück ab. Von dem ganzen Küchengerät war Herr Schmidt am besten mit dem Messer vertraut. Er schnitt das Laugenbrötchen durch, die aß er am liebsten. Die Butter aus dem Kühlschrank erwies sich als hart. Barbara nahm sie sonst gleich nach dem Aufstehen heraus, damit sie richtig temperiert auf dem Frühstückstisch wartete. Herr Schmidt platzierte ein paar gelbe Rechtecke nebeneinander auf der Brötchenhälfte und verstrich darauf die Johannisbeermarmelade. Dann stieg er schon wieder die Treppe hoch, hätte allerdings fast den Teller vergessen. Barbara lag auf dem Rücken, die Augen geschlossen, die lädierte Gesichtshälfte sah nicht gut aus. Herr Schmidt stellte ihr den Teller auf den Bauch. Sie öffnete die Augen.

»Mir ist heute nicht so, Walter.«

»Du musst was essen.«

»Vielleicht später.«

Er streckte die Hand aus und kratzte mit dem Nagel des Zeigefingers das Blut von ihrem Ohr. Sie verzog keine Miene. Die Fleischwurst hatte ihm nicht gutgetan, es war zu früh dafür, er brauchte erst sein Brötchen. Wenn Barbara ihres nicht aß, konnte er vielleicht abbeißen.

Die Butter war zu dick, gab der Marmelade einen fettigen Beigeschmack, der den ganzen Mund ausfüllte, aber das frische Laugengebäck glich es aus. Er aß die ganze Hälfte, tapfer die Butterklumpen schluckend.

»Walter.«

Er zuckte zusammen, fühlte sich ertappt.

»Ich hab nicht gekocht.«

Als ob es ihm nicht selbst aufgefallen wäre. »Ist ja auch noch früh.«

»Guck in die Tiefkühltruhe. Nimm die Suppe mit den Fleischklößchen.«

Er klopfte beruhigend auf Barbaras Decke, musste ihr etwas Nettes sagen, so elend, wie sie dreinschaute. »Die ess ich am liebsten.«

»Musst aber vorher warm machen, gell.«

Offenbar hielt sie ihn für blöd.

»Du musst auch essen, Barbara. Ich mach dir noch ein Brötchen.«

»Vielleicht später.« Sie schloss wieder die Augen.

Die Tiefkühltruhe war natürlich voll. Die hatte er Barbara vor zehn Jahren gekauft, als sie sagte, sie wolle nicht mehr alles einkochen, sie wolle auch mal einfrieren. Sie hatten ja den Garten, und auch Karin war da längst ausgezogen. Sebastian kam sowieso nicht so oft und nahm jedes Mal nur ein Glas Marmelade mit und auch das mit einem Gesichtsausdruck, als täte er Herrn Schmidt damit einen persönlichen Gefallen. Im Regal standen elf Gläser aus diesem Jahr und sieben aus dem Jahr davor, die älteren zählte Herr Schmidt nicht.

Barbara hatte in der letzten Zeit zu viel gekocht, vielleicht aßen sie aber auch weniger. Was übrig blieb, fror sie ein, damit sie auch mal eine Pause einlegen konnte. Aber eigentlich kochte sie trotzdem jeden Tag. Ein einziges Mal war sie vor vier Jahren mit einer Freundin zum Wandern weggefahren, ohne Herrn Schmidt, und hatte eine Liste dagelassen, wann er welchen Behälter aufzutauen hatte. Herr Schmidt hatte nichts gegen die Reise gehabt, erinnerte sich aber noch an die hilflose Wut, die ihn ergriffen hatte, als er die Tiefkühltruhe öffnete und ein vereistes Gefäß herausholte, das seine Finger schmerzen ließ und dessen Inhalt er nach einer genauen Anleitung auftauen und aufwärmen sollte. Aus stummem Protest hatte er sich damals nicht an Barbaras Vorgaben gehalten und statt Gulasch Kohlrouladen genommen, fest davon ausgehend, dass es ihr auffallen, sie vielleicht sogar ärgern würde. Doch als sie wieder zurück war, strahlend, gut gelaunt und braun gebrannt, hatte sie nichts dazu gesagt.

Er hob den Deckel von der Tiefkühltruhe. Die Behälter waren säuberlich mit dem Gericht und dem Datum beschriftet. Die Suppe mit den Fleischklößchen lag ganz oben, wieder schmerzten die Fingerkuppen bei der Berührung. Herr Schmidt spürte einen kurzen Anflug von Ärger, wenn auch nicht so stark wie damals, es war mehr ein Nadelstich.

Barbara war nie krank. In den ersten Jahrzehnten ihrer Ehe hatte er es kaum glauben können, weil sie als Mädchen gar nicht gesund ausgesehen hatte, dünne blonde Haare, blasses Gesicht. Er hatte damals seine Zweifel, eine kranke Frau wäre einfach zu viel gewesen. Aber das Äußere täuschte, innerlich war sie aus Stahl. Als sie mit den Kindern schwanger war, hatte sie sich kein einziges Mal tagsüber hingelegt, und zwei Stunden vor der Geburt hatte sie noch einmal die Küche gewischt. Als sie mit den Neugeborenen zu Hause war, kochte sie sofort wieder. Einmal hatte sie sich das Handgelenk verletzt und mit links gekocht, den dicken Verband an der Rechten. Wenn ihr dabei etwas herunterfiel, sagte Herr Schmidt nichts.

Herr Schmidt ließ heißes Wasser ins Spülbecken laufen und versenkte den Behälter mit der eingefrorenen Fleischklößchensuppe darin. Helmut setzte sich vor seinen Napf und schaute Herrn Schmidt an.

Herr Schmidt schaute zurück. Helmut winselte und bedeckte die Schnauze mit den Pfoten.

Barbara hielt sich die Hand vor die Augen, als Herr Schmidt den Vorhang beiseiteschob. »Der Hund«, sagte er und versuchte, ihr nicht ins Gesicht zu schauen, weil es immer noch nicht ganz sauber war.

»Oh«, sagte Barbara und erhob sich sogar etwas. Ihre Blässe fiel umso mehr auf, als sie nun fleckenweise errötete. »Sein Hackfleisch ist in der Plastikdose im Kühlschrank, musst du anbraten.«

»Wie, anbraten?«

»In der kleinen Pfanne, ohne Öl, die ist ja beschichtet. Dann Haferflocken dazu und eine Kartoffel.«

»Aber warum anbraten?«

»Damit er nicht krank wird.«

»Er ist doch ein Hund. Hunde fressen Dreck.«

»Du weißt doch, wie es mit seiner Verdauung ist.«

Herr Schmidt wusste es nicht. »Frisst er nicht aus der Dose?«

»Um Himmels willen, Walter.«

»Du musst auch was essen.«

»Später vielleicht.« Sie hatte die Augen schon wieder geschlossen.

Helmut schlug mit dem Schwanz, als Herr Schmidt erneut in die Küche kam.

»Schon gut, schon gut.«

Herr Schmidt öffnete den Kühlschrank. Er war sehr

aufgeräumt, die Eier und die Milch in der Tür, die Butterdose stand noch draußen. In einer mit Plastikfolie abgedeckten Schüssel lagen in Schale gekochte Kartoffeln vom Vortag. Auf einer Plastikdose klebte ein Zettel »Für Helmut«. Machte Barbara das immer so, oder hatte sie schon gestern geahnt, dass sie heute umfallen würde? Herr Schmidt nahm den Deckel ab, schnupperte. Helmut tobte.

»Ruhig!«, rief Herr Schmidt, auch um sein eigenes Magenknurren zu übertönen. Er schaltete den Herd ein – ein Kinderspiel –, stellte eine Pfanne auf die Platte, kippte den Inhalt der Plastikdose hinein. Es passierte erst mal nichts. Herr Schmidt setzte sich hin, nahm die Zeitung von gestern. Die von heute früh hatte er wegen Barbara im Rohr vergessen. Er las den Artikel auf der Titelseite noch mal, es ging um Großbritannien. Etwas roch verbrannt, die Pfanne dampfte. Herr Schmidt richtete sich auf und riss sie vom Herd. Obwohl ein Teil des Hackfleischs angebrannt war und der Rest noch roh schien, duftete es gut. Helmut jaulte.

»Ruhe!« Herr Schmidt stellte die Pfanne zurück und begann zu rühren, bis sich das ganze Hackfleisch erst entfärbte, dann dunkel wurde. Bevor er alles in den Napf schüttete, tat er sich noch etwas auf den Teller und salzte kräftig.

»Vorsicht, heiß!«, rief Herr Schmidt, als Helmut sich auf das Fleisch stürzte. Der Hund hörte nicht, ließ manchmal einzelne Brocken fallen und leckte sie sofort wieder auf. In Sekundenschnelle war der Napf leer.

»Bist du dumm«, sagte Herr Schmidt. »Was machst du den ganzen Tag, wenn du so schnell frisst? Wartest aufs Abendessen? Du musst es langsamer angehen.«

Helmut wedelte mit dem Schwanz.

Herrn Schmidts Blick fiel auf die Schale mit den Kartoffeln. Barbara hatte sie doch erwähnt und auch irgendwas von Haferflocken gesagt.

»Willst du noch Kartoffeln?« Er streckte die Hand aus und zeigte Helmut eine Knolle. »Schau, vom Vortag.«

Helmut wandte sich ab.

»Wie du willst.« Herr Schmidt schnitt die Kartoffel, kalt und mit Schale wie sie war, zu dem Hackfleisch auf seinem Teller, überlegte, ob er Haferflocken draufschütten sollte, entschied sich aber dagegen. Er probierte und salzte noch mal nach.

»Du hast es gut bei Barbara«, sagte er, als er fertig war. »Dich verwöhnt sie. Und was gibt's heute Abend?«

Helmut schien es auch nicht zu wissen.

Der Tag verging schnell. Herr Schmidt führte Helmut aus und schaute wieder nach Barbara, die immer noch nicht essen wollte. Er überlegte, ob er Karin anrufen sollte, beschloss aber, damit bis morgen zu warten. Er schaute im Garten nach dem Rechten, aber hier war noch nicht viel zu tun, die blauen und gelben Krokusse zeigten sich zaghaft, die Narzissen hatten sich ausgebreitet, blühten aber noch nicht. Der Birnbaum stand nackt da, die wenigen Knospen waren fest verschlossen. Für Tomaten- und Paprikasetzlinge war es noch zu kalt. Barbara hatte sie im Gartenzimmer in Joghurtbechern vorgezogen, es waren wieder viel zu viele geworden.

Herr Schmidt löste ein Kreuzworträtsel und fünf Sudokus, die lächerlich einfach waren, ging mit Helmut raus, diesmal in den Wald. An einem Werktag konnte man es dort noch aushalten, da war noch Luft und Platz. Am Wochenende dagegen zog es alle in den Wald, und Barbara schien jeden Einzelnen von ihnen zu kennen und mit jedem Zweiten etwas Dringendes besprechen zu müssen.

Herr Schmidt hatte keine zwanzig Schritte gemacht, schon wurde er von einer dicken Frau im Trainingsanzug überholt, die beim Laufen mit Skistöcken herumwedelte. Als sie schon gute zwei Meter voraus war, drehte sie sich plötzlich um, sah erst Helmut an, dann unvermittelt auch Herrn Schmidt.

»Walterrr!«, brüllte sie mit starkem Akzent, der Herrn Schmidt körperlich wehtat. Das R rollte wie eine Steinlawine, die einen Berg herunterstürzte, um Herrn Schmidts Seelenfrieden unter sich zu begraben. »Wo ist Barrrbarrra, Walterrr?«

Er kannte diese Frau nicht. Oder vielleicht doch? Er fühlte sich ertappt.

»Ruht sich aus«, sagte er schließlich.

»Ist sie denn krrrank?«

Endlich fiel es ihm ein, das war Natalja, Barbara ging mit ihr zum Bauchtanz oder was sie sonst für einen Quatsch in ihrer Freizeit machte. Bauch hatte Natalja jedenfalls. Plötzlich wurde ihm klar, dass Barbara mit Natalja vermutlich Russisch sprach, die Gelegenheit ausnutzend, dass er nicht dabei war, wenn die beiden sich trafen. Er war am Anfang sehr streng mit Barbara und ihrer Aussprache gewesen, und wenn er Natalja so hörte, dann musste er sich im Nachhinein für die eigene Konsequenz loben. Nicht auszudenken, wenn Barbara jetzt immer noch so reden würde.

»Wie lange bist du schon in Deutschland?«, fragte er.

Die Dicke richtete die Augen gen Himmel. »Lass zählen. Zehn, zwanzig, einundzwanzig, vierundzwanzig. Vierundzwanzig Jahre! Nächstes Jahr silberne Hochzeit mit Deutschland.« Sie strahlte ihn an. »Also, was ist mit Barrrbarrra?«

»Ich weiß es nicht.«

»Ist sie dir weggerannt?« Das fand sie auch noch komisch. »Kommt sie heute nicht?«

»Wohin?«

»Zum Kurs.«

»Nein, heute kommt sie wohl nicht.«

»Ich rrruf sie an.«

»Lieber nicht.«

»Hast du sie umgebracht?« Jetzt guckte sie für einen Moment ernst, bevor sie wieder schrecklich lachte.

»Nein«, sagte Herr Schmidt.

»Das ist gut.« Sie kraulte Helmut zwischen den Ohren, und Herr Schmidt ärgerte sich, dass der Schäferhund, vor dem Frauen normalerweise Angst hatten, es sich auch noch gefallen ließ. Barbara hatte ihn zu sehr verwöhnt. »Grrruß an Barrrbarrra.« Sie wedelte mit ihren Skistöcken davon.

Bis zum Abend war die Fleischklößchensuppe im Waschbecken aufgetaut und sogar zimmerwarm. Herr Schmidt teilte sie sich mit Helmut. Als sie fertig waren (Helmut sehr viel schneller, aber auch Herr Schmidt trödelte nicht), fiel ihm Barbara wieder ein. Er war seit Stunden nicht mehr im Schlafzimmer gewesen. Barbara schlief, im Bad brannte das Licht. Offenbar war sie zwischendurch auf Toilette gegangen, was Herrn Schmidt hoffnungsvoll stimmte. Er machte das Licht aus, setzte sich vor den Fernseher und schaute einen Western, während Helmut zu seinen Füßen lag und bei jedem Schuss zusammenzuckte. »Ist nur Fernsehen«, sagte Herr Schmidt, und Helmut bewegte aufmerksam die spitzen graubraunen Ohren. Herr Schmidt genoss es, dass er den

Film ohne Barbaras Kommentare sehen konnte, sie fand Filme mit Schießereien zu brutal und verstand sowieso höchstens die Hälfte. Er schaute einen zweiten Western, der direkt im Anschluss gezeigt wurde, und ging ins Bett.

Herr Schmidt träumte schlecht, und zwar von Sebastian. Einmal mehr sah er das enttäuschte, leicht angewiderte Gesicht seines Sohnes vor sich und verstand wieder nicht, was der Grund dafür sein mochte. Herr Schmidt fuhr hoch und setzte sich auf. Er hatte das Gefühl, Sebastians unzufriedene Stimme gehört zu haben. Er drehte sich auf die Seite, streckte die Hand aus und griff ins Leere. Im ersten Moment freute er sich. Meist war die Bettseite neben ihm leer, wenn er aufwachte, und dann zog schon gleich von unten der Kaffeeduft hoch. Aber draußen war es noch dunkel, und dann hörte er Schritte. Etwas Langsames, Schwerfälliges schleppte sich über die Fliesen, aus dem Bad ins Schlafzimmer. Ein gebeugter Schatten baute sich im Türrahmen auf und setzte seinen Weg zum Bett fort. Eine alte Frau, wie eine Hexe aus einem Kinderbuch, das Nachthemd leuchtete im Mondlicht.

»Barbara?«

»Wer sonst.«

Sie setzte sich auf den Bettrand und zog mit einem Seufzer die Beine auf die Matratze hoch.

»Was ist mit dir?« Seine Stimme zitterte plötzlich.

»Nichts. Bin müde.«

»Ist ja auch Nacht.«

Sie gefiel ihm nicht. Das war nicht die Barbara, die er kannte. Er streckte die Hand aus und berührte ihr Gesicht. Sie schreckte zurück, aber er konnte sie kurz mit den Fingerkuppen streifen. Die Haut war unangenehm kühl und etwas feucht.

»Du stirbst mir doch nicht, oder, Barbara?«

Sie schwieg.

»Du bist noch jung!«, sagte er, es sollte streng klingen, hatte aber einen flehenden Unterton.

Jetzt lachte sie, was ihn an die Frau im Wald erinnerte.

»Doch«, beharrte er, »du bist jünger als ich.«

»Und?«

»Ich hab heute diese Dicke im Wald gesehen. Deine Freundin. Die Russin. Hat nach dir gefragt.«

»Und du?«

»Was ich? Nichts. Sie hat gedacht, ich hätte dich umgebracht.«

Barbara lächelte, und Herr Schmidt spürte, wie eine Spannung, die er gar nicht wahrgenommen hatte, von ihm abließ.

»Diese Dicke stirbt vor dir, so wie sie wabbelt.«

»Sie ist zwanzig Jahre jünger als ich.«

»Du siehst besser aus.«

»Quatsch.« Barbara hatte den Kopf schon wieder

aufs Kissen gebettet, dafür war Herr Schmidt jetzt hellwach.

»Willst du wieder schlafen? Du hast den ganzen Tag verschlafen.« Er zupfte am Ärmel ihres Nachthemds.

»Bin irgendwie müde.«

Am liebsten hätte er ihr befohlen, sofort mit dem Müdesein aufzuhören. Sie hatte genug geschlafen. Aber Barbara war stur, schon als junge Frau, und mit dem Alter war es nicht besser geworden.

»Sie spricht so schlimm Deutsch, deine Freundin.«

»Das ist einfach ein Akzent. Ich hab auch einen.«

»Deiner ist nicht so schlimm. Hört man gar nicht. Stell dir vor, ich wäre nicht so streng gewesen, was wären wir jetzt?«

Sie blieb stumm.

»Wir wären hier Russen, Barbara. Und unsere Kinder wären Russen. Hättest dir deinen deutschen Pass auf die Stirn kleben können – hätte nichts geholfen.«

»Reg dich ab.« Sie drehte sich auf die andere Seite.

Seine Laune, schon vorher nicht besonders gut, war endgültig hinüber. Selbst nachts konnte ihn Barbara auf die Palme bringen, selbst wenn sie so schwach war, dass er Angst haben musste, dass sie doch nicht so gesund war, wie sie immer ausgesehen hatte, nachdem er sie in den ersten Jahren aufgepäppelt und mit ihr die Sprache gebüffelt hatte, damit auch die anderen nett zu ihr waren. Ohne gutes Deutsch war man verloren. Sie war eine vorbildliche Schülerin, irgendwann hatte sie sogar behauptet, *er* würde Ausdrücke falsch benutzen, weil er nicht so viel las wie sie. Sie wollte sich damals mit ihm über das richtige Deutsch streiten. Sie. Mit ihm. Widerwillig spürte er, wie seine Lippen sich zu einem Lächeln verzogen.

»Ich brauch jetzt was Süßes, Barbara.«

»Guck in der Schublade nach«, murmelte sie, ohne sich umzudrehen.

»In welcher?«

»Mein Gott, Walter. In der Küche, gleich unter dem Besteck.«

Das bedeutete, dass er schon wieder in die Küche musste. Nicht mal nachts hatte man seine Ruhe. Er ging barfuß, weil er im Dunkeln die Hausschuhe nicht fand. Auf der Treppe machte er das Licht an, nicht dass er jetzt auch noch stürzte und sich den Schädel zerschlug. Was wären sie dann für ein schönes Paar, er und Barbara.

Helmut freute sich und wedelte mit dem Schwanz, als er ihn sah, aber Herr Schmidt winkte ab. »Ist Nacht, merkst du nicht?«

Helmut trottete zurück zu seinem Korb.

Er hatte die Schublade noch nie aufgemacht. Es war die geheime Schublade, die Barbara angelegt hatte, er sollte ja wegen seines Bauchs nicht so viel Süßes essen. Dabei war er nicht dick, ein normaler Mann mit starker Mitte. Sie gab ihm dennoch seine Ration, wenn ihm nach Süßem war, und das ließ er sich gefallen. Jetzt fühlte er sich wie ein kleines Kind, das Omas Marmelade heimlich aus dem Glas löffelt. Die Schublade war voll mit Schokolade und Keksen. Er nahm die oberste Tafel und trug sie ins Schlafzimmer, legte sich ins Bett, öffnete sie knisternd.

»Du auch ein Stück, Barbara?«

Sie tat schlafend.

»Du musst doch was essen.« Er legte sich das erste Schokoladenrechteck auf die Zunge. Es war Vollmilch, seine liebste Sorte. Nicht Bitterschokolade, Pfeffer, Ingwer oder irgendein anderer schwer zu kauender Kram, den Barbara mochte. »Weißt du noch, als du hier neu warst und wir gerade verheiratet, ohne Geld, da hast du uns Brotscheiben mit Zucker bestreut und bisschen Wasser drübergesprenkelt, das war dann unser Kuchen.«

Barbara antwortete nicht. Herr Schmidt aß die ganze Tafel auf, faltete das Papier zu einem kleinen Rechteck zusammen und legte es auf den Nachttisch. Es war zu viel Schokolade gewesen, jetzt hatte er einen faden Nachgeschmack im Mund. Barbara würde ihn morgen schelten, wenn sie es merkte. Er schob das Papiereck unters Kopfkissen, um es morgen schnell entsorgen zu können, bevor sie die Betten machte.

*

Den Morgen verschlief Herr Schmidt, was ihn nicht wunderte, schließlich war er die ganze Nacht unterwegs gewesen. Helmut bellte unten in der Küche. Barbara rührte sich nicht. Er schaute nach: Sie atmete.

Diesmal versuchte er es gar nicht erst mit dem Kaffeekochen. Er nahm Helmut an die Leine und ging direkt zum Bäcker. So spät war er noch nie da gewesen. Die Auslage war fast leer, aber Brötchen hatte er gestern genug eingekauft. Er bestellte zwei Kaffee, schwarz, und zählte unglaubliche 5,60 Euro in Münzen ab.

»Zu teuer«, sagte er, als die dicke Verkäuferin ihm zwei Plastikbecher reichte. »Warum so teuer?«

»Ich mach die Preise nicht«, sagte sie.

»Wer kauft so was überhaupt?«

»Sie zum Beispiel.«

»Doch nur, weil meine Frau gerade nicht selber kochen kann.«

Das Mädchen schaute ihn unter den gigantischen Wimpern an, die ihn an behaarte Raupen erinnerten. »Was hat sie denn?«

Als ob es sie was anginge.

»Wenn ich das wüsste«, sagte Herr Schmidt, beschämt über seine eigene Geschwätzigkeit. »Liegt im Bett, steht nicht auf.«

»Dann ist sie bestimmt depressiv.«

Herr Schmidt überlegte. »Weiß nicht. Gestern ist sie im Bad umgefallen.«

»Vielleicht hat sie was mit dem Kreislauf. Sie sollte mal einen Kaffee trinken.«

»Deswegen bin ich doch da.« Widerwillig erzählte Herr Schmidt, wie er gestern versucht hatte, Kaffee zuzubereiten. Das Mädchen mit den Raupen im Gesicht hörte zu und schob gelegentlich den Kaugummi von einer Backentasche zur anderen.

»Ist nicht schwer«, sagte sie dann. »Sie nehmen einen Teelöffel pro Tasse und einen für die Kanne. Meine Oma hat noch immer ein Körnchen Salz dazugetan.«

»Warum?«

»Mit Salz schmeckt alles besser.«

Herr Schmidt erinnerte sich an das eigentlich Helmut zugedachte, von ihm nachgesalzene Hackfleisch. »Ist der hier auch mit Salz?« Er deutete auf die beiden Becher.

»Nee. Da drücke ich einfach auf den Knopf, die Maschine macht alles.«

»Für Faule«, sagte Herr Schmidt missmutig.

»Genau.«

Der Kaffee in den Bechern wurde kalt, er konnte nicht den ganzen Tag verschwätzen.

Er brachte Barbara den Kaffee, umgefüllt in eine Tasse, zusammen mit einem Marmeladenbrötchen, obwohl sie gar nicht darum gebeten hatte. Barbara nahm die Tasse entgegen.

»Ist kalt«, sagte Herr Schmidt.

»Macht nichts. Schmeckt gut.« Sie trank einen Schluck und stellte die Tasse ab.

»Du musst was essen!«

»Später.«

»Nicht später. Jetzt.« Er nahm das Marmeladenbrötchen vom Teller und versuchte, es ihr in die Hand zu schieben, aber sie nahm es nicht. Dann hob er es an ihre Lippen. »Mach den Mund auf!«

»Walter, du spinnst.«

»Mund auf. Du weißt doch, was mit Leuten passiert, die nicht essen?«

Sie wollte protestieren – immer musste sie sich mit ihm streiten –, doch in diesem Moment schob er ihr das Brötchen in den Mund. Sie biss ein wenig ab und begann zu kauen.

»Ich rufe Karin an«, sagte Herr Schmidt.

»Lass sie doch. Sie ist beschäftigt.«

»Vielleicht redet sie dir ins Gewissen.«

»Ich bin bloß etwas schwach. Stehe bald wieder auf.«

»Das hast du gestern auch gesagt.«

*

Der nächste Tag war ein Sonntag. Herr Schmidt hatte nicht gemerkt, wohin der Samstag verschwunden war, all die zähen Stunden, in denen er sonst auf Barbara wartete, bis sie vom Sport kam, vom

Treffen mit Freundinnen, selbst wenn sie telefonierte. Manchmal versuchte er, sie davon abzubringen, aber seit er in Rente war, schien sein Wort weniger zu zählen. Früher hätte er sie mit dem Hinweis auf die Rechnung dazu bringen können, sich am Telefon kürzer zu fassen, aber inzwischen schien auch das Telefonieren nichts mehr zu kosten, weswegen alle ununterbrochen miteinander quasselten, ihre Hörer zum Einkaufen mitnahmen, zum Sport und sogar in den Wald, wo sie einander selbst beim Spazierengehen irgendeinen Mist erzählten. In diesen Momenten wünschte sich Herr Schmidt einen Stock, mit dem er den Schwätzern ihre Plappergeräte aus den Händen schlagen könnte, damit sie ihn nicht weiter belästigten. Aber noch brauchte er keinen Stock, im Gegenteil, er stand noch sehr gut auf den eigenen Beinen.

Barbaras Im-Bett-Herumliegen bekam ihm nicht gut. Selbst Dinge, an die er sich scheinbar gewöhnt hatte, reizten ihn. Am Sonntag hatte auch noch der Bäcker geschlossen. Doch das sah Herr Schmidt erst, als er vor dem Schaufenster stand. Normalerweise verschafften ihm geschlossene Geschäfte Genugtuung: Früher war es normal gewesen, dass die Läden nicht rund um die Uhr geöffnet hatten, die Leute mussten sich eben anpassen. Aber wenn man noch keinen Kaffee getrunken hatte, war es schon ungünstig, vor verschlossenen Bäckereitüren zu stehen.

Herr Schmidt kehrte nach Hause zurück, fütterte

Helmut mit dem am Vortag aufgetauten Kalbsgulasch und stellte sich nachdenklich vor die Kaffeemaschine. Die Großmutter des dicken Mädchens musste wohl wissen, wie man Kaffee kocht. Er sprach die Anweisung laut nach, füllte zwei Löffel Pulver in den Filter, gab einen weiteren für die Kanne dazu, salzte kräftig, füllte Wasser ein und drückte auf den Knopf. Es war ein Kinderspiel.

Der Kaffee hatte einen intensiven Beigeschmack, der auch durch die Milch nicht verschwand. Er brachte Barbara ihre Tasse. Sie nippte vorsichtig. »Der ist ja heiß heute. Und versalzen, wenn du mich fragst.«

Er hätte etwas mehr Dankbarkeit erwartet.

»Den anderen Kaffee, die Tage davor, habe ich aus der Bäckerei geholt. 2,80 der Becher.«

»Dieser hier ist aus der Dose in der Küche, oder?«, fragte sie. »Der ist entkoffeiniert und schon ziemlich schal. Ich mahle sonst immer frisch. Die Bohnen sind in der Tüte im Kühlschrank.«

»Du machst was damit?«

»Mahlen. Mit der Kaffeemühle.«

Herr Schmidt fiel das schreckliche morgendliche Geknatter ein, das Helmut immer in die Flucht schlug. Barbara reichte ihm die leere Tasse. Das Brötchen rührte sie nicht an.

Er war unzufrieden, dass sie alles so selbstverständlich nahm. Auf dem Weg in die Küche blieb er am Telefon stehen, nahm den Hörer ab und wählte die

Nummer. Er hätte schwören können, dass er Karin anrief, bis Sebastian genervt »Schmidt« sagte.

»Vater hier«, sagte Herr Schmidt überrascht.

Sebastian sagte ziemlich lange nichts. Herr Schmidt hörte, wie am anderen Ende der Leitung etwas laut verschoben wurde, als würde Sebastian beim Telefonieren Möbel verrücken. Herr Schmidt gab als Erster nach.

»Wo bist du?«

»Im Büro.«

»Es ist Sonntag.«

»Ich weiß.«

»Ich kann dich auf dem normalen Telefon anrufen.«

»Das ist mein normales Telefon.«

»Das ist bestimmt teuer.«

»Hör auf damit.«

Herr Schmidt konnte regelrecht sehen, wie Sebastian die Zähne zusammenbiss und die Sätze hindurchpresste.

»Alles klar bei euch?«, fragte Sebastian endlich.

Herr Schmidt holte Luft. »Es ist noch kühl draußen«, setzte er an, aber Sebastian unterbrach ihn.

»Wie bei euch das Wetter ist, kann ich vom Fenster aus sehen. Ist was passiert? Wo ist Mama?«

»Ich habe sie umgebracht«, sagte Herr Schmidt.

»Was?«

»Spaß. Sie ist müde. Liegt im Bett.«

»Mama liegt im Bett?«

Sebastians Aufregung verschaffte Herrn Schmidt die verdiente Genugtuung. Sie bestätigte, dass er in den letzten Tagen Unvorstellbares mitgemacht hatte.

»Atmet sie?«

»Natürlich atmet sie«, sagte Herr Schmidt gereizt. »Sie redet sogar.«

»Gott sei Dank. Hol sie ans Telefon.«

»Geht nicht, sie ist im Schlafzimmer.«

»Ich hab euch doch das schnurlose Telefon mitgebracht.«

»Ich bin jetzt im Flur, am normalen Apparat.«

»Vater, du machst mich noch wahnsinnig.«

Obwohl er lieber ein freundliches Wort von Sebastian gehört hätte, freute sich Herr Schmidt insgeheim auch darüber. Jeder Gefühlsausbruch war besser als die übliche Gleichgültigkeit.

»Du legst jetzt auf, und ich ruf dich noch mal auf Mamas Handy an. Das kannst du ihr dann bringen.«

»Sie schläft.«

»Verdammt noch mal!«, schrie Sebastian, und Herr Schmidt ließ vor Schreck den Hörer fallen. Das war der unbestrittene Vorteil des normalen Telefonapparats: Der Hörer fiel nicht auf den Boden, sondern blieb an der Schnur hängen und pendelte bloß sachte hin und her. Sebastians Stimme war nicht mehr zu hören. Herr Schmidt wartete einige Minuten, dann legte er den Hörer auf.

Es klingelte sofort wieder. Herr Schmidt nahm ab: »Ich bin immer noch am gleichen Apparat.«

»Was?« Es war nicht Sebastian, sondern Karin. »Was ist bei euch los? Was ist mit Mama?«

»Woher weißt du das?«

»Woher wohl?«

»Warum ruft er sofort bei dir an, anstatt einfach vorbeizukommen? Er hat doch ein Auto.«

»Das weißt du doch.«

»Ich weiß es nicht«, sagte Herr Schmidt, der das Ganze allmählich übertrieben fand. »Ich habe eure Mutter nicht umgebracht.«

Karin atmete laut aus. »Das habe ich schon gehört. Das ist eine gute Nachricht.«

»Ja. Tschüss.«

»Papa! Jetzt warte doch mal.«

Karins Stimme war wie Honig – sie hatten guten Imkerhonig im Schrank, er hatte schon wieder Hunger –, und er fühlte sich wie eine Fliege, die darin festklebte. Er gab den Widerstand auf und erzählte ihr alles, was in den vergangenen drei Tagen geschehen war, in diesen drei Tagen ohne Frühstück und richtiges Mittagessen.

»Ich habe grad Kaffee gekocht«, beendete Herr Schmidt seinen Bericht.

»Was?«

»Mit der Kaffeemaschine.«

»Okay«, sagte Karin nach einer Pause. »Und wie war das?«

»Wie soll es gewesen sein. Salzig.«

»Okay«, sagte Karin. »Ist Mama ansprechbar?«

»Ja. Sie fand es auch salzig.«

»Okay. Steht sie gar nicht auf?«

»Sie war in der Nacht auf Toilette. Ist aber diesmal nicht umgefallen.«

»Umgefallen?! Hat sie sich verletzt?«

»Sie hatte Blut am Kopf, ist aber wieder sauber. Hat sie wohl abgewaschen. Reg dich nicht auf.«

Karin schwieg.

»Karin? Bist du noch da?«

»Ja. Ich googele die Zugverbindungen. Ach Scheiße, muss das alles ausgerechnet jetzt passieren? Ich ruf noch mal Sebastian an.«

»Ruf ihn nicht an«, sagte Herr Schmidt, der sich jetzt ein wenig dafür schämte, dass er Sebastian bereits angerufen und dieser ihn angeschrien hatte.

»Das geht doch alles gar nicht. Ich verstehe nicht, was da bei euch los ist. Du rufst sofort einen Arzt.«

»Es ist Sonntag.«

»Ruf den Notarzt.«

»Es ist kein Notfall. Sie hat meinen Kaffee getrunken.«

Karin stöhnte. Herr Schmidt erinnerte sich plötzlich daran, dass sie als kleines Mädchen manchmal Bonbons aus der Küche gestohlen hatte.

»Ruhe«, sagte er zu ihr, als wäre sie Helmut. »Du musst nicht kommen.«

»Aber das geht doch alles gar nicht.«

»Wir haben Essen in der Tiefkühltruhe.«

»Das glaube ich sofort.«

»Wir könnten bestimmt ein Jahr davon leben. Bleib du in deinem Berlin.«

Er hörte sie gleichzeitig lachen und schniefen.

»Papa. Du musst mir versprechen, dass du morgen einen Arzt rufst.«

»Ich ruf den Maschke. Ich geh rüber und hole ihn.«

»Es reicht, wenn du ihn anrufst. Dann kommt er schon. Versprich es mir.«

»Ja, ja«, murmelte er.

Herr Schmidt hörte die Erleichterung in Karins Stimme. »Und bist du immer noch mit Mai befreundet?«, fragte er vor dem Auflegen. Er hatte sich mehrere Jahre gegen diesen Namen gewehrt, aber es hatte nichts geholfen. Keine Ahnung, was die Eltern sich gedacht hatten.

Karin stutzte. »Ja«, sagte sie. »Pass auf, dass Mama genug trinkt, okay?«

Als sie endlich auflegte, war Herr Schmidt schweißgebadet und musste sich seinerseits hinlegen. Er ging ins Schlafzimmer und streckte sich der Länge nach neben Barbara aus – sie hatte es bequem, schon den dritten Tag im Bett. Sie lag auf dem Rücken, Herr Schmidt drehte sich zu ihr, sah ihr spitzes Profil, die zur Decke zeigende Nase. Ihm wurde eiskalt. »Barbara!« Er rüttelte an ihrer Schulter. »Bist du da?«

Sie drehte den Kopf in seine Richtung. »Was?«

Er setzte sich wieder auf, beugte sich über sie. Ihr Gesicht hatte sich verändert, die Haut war hell, fast durchsichtig, unter den Augen tiefe Schatten, als hätte sie sich nicht genug ausgeruht.

»Du musst was essen!«

»Später vielleicht.«

»Nein! Nicht später.« Er rüttelte wieder an ihrer Schulter, vielleicht etwas zu grob: Der Kopf taumelte hin und her. Er nahm die Hand wieder weg. »Du verhungerst mir noch. Die Tiefkühltruhe ist voll, was willst du haben? Es ist alles da.«

»Ich weiß. Es reicht für lange.«

»Gulasch? Maultaschen?«

»Warte kurz.«

Er wartete. Ihr Gesicht war konzentriert, als lauschte sie in sich hinein. Herr Schmidt fiel ein, dass sie eigentlich nur deswegen täglich frisch kochte, weil sie selbst all das aufgetaute Zeug gar nicht mochte. Sie konnte bloß die Reste nie wegwerfen. Was mochte sie überhaupt? Sie hatte es ihm in den letzten Jahren ein paarmal gesagt. Er dachte angestrengt nach. Die Namen des ausländischen Zeugs entglitten ihm, doch er blieb dran. »Ich kann dir dieses Curry holen. Oder Sushi.«

»Warte.« Sie richtete sich auf, stützte sich auf dem Ellbogen ab. »Kannst du mir eine Kartoffel kochen?«

»Eine Kartoffel?«

»Ja. Ganz einfach, mit Salz und Butter.«

»Wie denn?«

»Ach, Walter. In Wasser, im Topf.«

Er mochte es nicht, wie sie ihm Sachen erklärte. Wenn sie Henry, dem Enkel, etwas erläuterte, dann strahlte sie dabei. Jetzt wirkte sie genervt, dabei wollte sie etwas von ihm, musste also gar nicht so herablassend sein.

»Wo sind die Kartoffeln denn?«

»In der Speisekammer. Im Korb. Schälen brauchst du nicht.«

Er merkte, wie sich alles in ihm sträubte. Barbaras Erklärungen machten ihn klein.

Sogar die Hinweise des dicken Mädchens aus der Bäckerei ließen sich leichter ertragen.

»Wie heiß soll das Wasser sein? Wie viel Grad?«

»Ach, Walter.«

»Wie lange drin lassen?«

»Bis es fertig ist.«

Er begann selbst innerlich zu kochen. »Wann weiß ich, dass sie fertig ist?«

»Piks sie mit der Gabel an.«

Ihm war vorher noch nie aufgefallen, dass sie so ungenau formulierte. Hätte sie so robust wie immer ausgesehen, hätte er sich geärgert. Aber der Anflug von Panik, als sie da im Bad gelegen hatte, hatte Spuren hinterlassen, wie eine Welle, die ihn überrollt und sich wieder zurückgezogen hatte. Tief im Innern war er immer noch nass und fröstelig.

»Ich mach dir die verdammte Kartoffel.«

Er kochte gleich alle neun, damit es sich lohnte. Schrubbte sie vorher gründlich mit der Bürste, weil noch Erde dran klebte. Wo nahm Barbara so dreckige Kartoffeln her, die eigenen waren längst weg, sie hatten den ganzen Winter davon gegessen. Barbara hatte stets auch noch die letzte selbst gezogene Kartoffel aufgebraucht, egal, wie schrumpelig und weich sie schon geworden war, jede von weißrosa Keimlingen durchsetzte Schale hatte sie anschließend auf den Kompost geworfen. Wahrscheinlich würde er auch im kommenden Spätsommer dort prächtige Knollen ausbuddeln können.

Die Kartoffeln brauchten endlos lange. Herr Schmidt stellte die Uhr, setzte sich an den Küchentisch und beobachtete den Herd. Schon das Aufkochen des Wassers dauerte einige Minuten. Er nahm ein Blatt Papier und schrieb mit Großbuchstaben *Kaffee* drauf, notierte die Pulvermenge pro Tasse, das Salz und dahinter in Klammern: *geht schnell.* Das Hackfleisch, das er für Helmut aufgebraten hatte, war auch mehr als genießbar gewesen, auch hier notierte er die Zutaten. Die aufgetauten Gerichte zählten nicht. Wie lange die Kartoffeln dauerten, würde sich zeigen.

Er beobachtete den Topf. Ab und zu stach er mit der Gabel auf eine Kartoffel ein. Am Ende waren die Knollen voller Löcher, die Schale hing an ihnen herunter. Herr Schmidt platzierte eine Kartoffel auf dem bereitgelegten Teller, schnitt ein großzügiges Stück Butter ab. In dem Tempo würde die Butter nicht lange reichen.

Barbara schob sich ein Kissen in den Rücken und nahm den Teller auf den Schoß. Dampf stieg von der Kartoffel auf, die Butter war zu einer goldenen Pfütze geschmolzen.

»Salz?«, fragte sie.

Das Salz war noch in der Küche.

»Schon okay, bleib sitzen.«

Das tat er auch, schließlich war er hier nicht der Diener. Doch als sie ein Stück Kartoffel in die Butter tunkte, hielt er es nicht mehr aus, Treppe runter, Treppe rauf.

»Warum das ganze Paket? Wo ist unser Salzstreuer?«

»Bist du eigentlich nie zufrieden?«

Es schien ihr zu schmecken. Sie ließ den Bissen im Mund zergehen, er beobachtete sie gebannt.

»Wie damals«, sagte sie. »Als ich klein war. Weißt du noch?«

Herr Schmidt wollte sagen, dass sie sich da noch nicht kannten, als sie klein war, nickte aber stattdessen.

»Willst du auch?«

Er nickte erneut, nahm ihr die Gabel aus der Hand und schob sie sich in den Mund, zerdrückte das heiße, buttrige Stück Kartoffel mit der Zunge. Er wollte Barbara die Gabel zurückgeben, aber sie winkte ab.

»Schon fertig? Schmeckt wohl doch nicht?«

»Doch, doch. Bin bloß schon satt.«

Wieder spürte er dieses Zittern, die lauernde Panik.

»Du isst seit Tagen nichts, guck dich doch an!«

»Ich habe genug Speck, ich kann ein paar Tage wegstecken.«

»Gar nichts kannst du. Du wirst immer dünner.«

»Walter, warum schreist du?«

»Ich schreie nicht!«, brüllte er. »Du musst essen. Wir verhungern alle.«

Er hielt inne. Barbara blinzelte und streckte die Hand nach der Gabel aus.

»So ist gut«, sagte Herr Schmidt, als sie sich die Kartoffel in kleinen Stücken in den Mund schob. »Tunk schön die Butter auf. Und den letzten Bissen schaffst du auch noch.«

»Ich kann nicht mehr. Das ist normal, Walter, dass man wenig isst, wenn man krank ist.«

»Du bist also krank? Und sagst nichts?«

Herr Schmidt sah plötzlich eine alte Frau vor seinem inneren Auge, sie hatte schneeweißes Haar, presste die Lippen zusammen und hielt ihm einen Löffel an den Mund. *Essen gibt Kraft. Du musst immer essen, Walter.* Er war krank, lag fiebrig im Bett, vielleicht hatte er Masern oder Scharlach. Die alte Frau aber schien zu wissen, dass er am Leben blieb, solange er kaute.

Herr Schmidt setzte sich vor den Fernseher, am helllichten Tag, als wäre er arbeitslos. Er hatte vergessen, die Straßenschuhe auszuziehen, und legte die Füße, so wie sie waren, auf den herangeschobenen Lederhocker. Im Fernsehen kam nur Mist, irgendwelche Leute stritten sich, in einer Talkshow wurde ein Gesicht eingeblendet, das Herrn Schmidt auf eine vertraute Art unsympathisch vorkam, sodass er sofort den Sender wechselte. Nun musste er zusehen, wie sich ein gar nicht mehr so junges Paar schamlos aneinander festsaugte. Am erträglichsten war noch ein dicklicher Mann mit Schürze, der Kartoffeln schälte. Herr Schmidt blieb bei ihm hängen und verfolgte die geschickten Bewegungen der kurzen Finger auf dem Bildschirm. Der Mann erzählte etwas, das nichts mit seiner gegenwärtigen Tätigkeit zu tun hatte, es ging um die Siebzigerjahre in New York. Herr Schmidt schaltete den Ton ab und beobachtete, wie sich ein schlangenartiger Streifen von der Kartoffel löste und ins Spülbecken fiel, die nächste Knolle, der nächste Streifen. Die Schale verwandelte sich in eine perfekte, hauchdünne, fast durchsichtige Spirale, es war ergreifend.

»Barbara, schau mal!«, rief Herr Schmidt, als ob sie ihn hören konnte.

*

Am nächsten Morgen war er müde. Barbara schlief. Herr Schmidt wurde klar, dass er jetzt die Bohnen und die Kaffeemühle suchen musste, dass ihm der abgestandene Entkoffeinierte aber eigentlich ganz gut geschmeckt hatte, was bestimmt am Salz lag.

»Barbara«, flüsterte er leise.

Sie sagte nichts, aber sie atmete.

Er musste wieder eingeschlafen sein; als er die Augen erneut öffnete, klingelte es Sturm. Das war wohl die Post. Gelegentlich bestellte Barbara, sosehr er sie auch dafür schalt, unnützes Zeug im Internet. Wie gut, dass sie jetzt nicht an die Tür konnte, so würde er einfach die Annahme verweigern.

Herr Schmidt ging, wie er war, im gestreiften Schlafanzug, Schritt für Schritt die Treppe hinunter, riss die Eingangstür auf und erkannte Herrn Doktor Maschke.

»Was wollen Sie?«, fragte Herr Schmidt. »Ich hab Sie noch gar nicht angerufen.«

Maschke hatte seine Praxis zwei Straßen weiter, außerdem war er ein Schnösel. Er kämmte sich die langen spärlichen Haare quer über die Glatze, und Herr Schmidt hatte den Verdacht, dass er sie sogar färbte, denn dieses Schimmern war keines natürlichen Ursprungs. Maschke konnte nicht viel jünger sein als Herr Schmidt, weil er die Praxis schon hatte, als Sebastian noch klein war. Wenn Herr Schmidt morgens mit Helmut an Maschkes Haus vorbeiging, stand der Kerl im Garten und machte Gymnastik, die er jedes Mal unterbrach, um Herrn Schmidt zu fragen, wann er zur Vorsorge zu kommen gedenke. Herr Schmidt aber dachte gar nicht daran, sich von Maschke betatschen zu lassen.

»Ihre Tochter hat angerufen«, sagte Maschke. »Darf ich?«

Herr Schmidt trat einen Schritt zur Seite. Maschke kam herein, stellte sein albernes Köfferchen ab, zog das karierte Sakko aus. »Wo ist die Gattin denn?«

»Schläft«, sagte Herr Schmidt.

»Dann schauen wir mal.« Maschke nahm ohne weitere Hinweise die Treppe nach oben. Herr Schmidt blickte ihm nach, bis ihm der Nacken wehtat. Dann ließ er in der Küche Leitungswasser in ein Glas laufen und trug es Maschke hinterher. Im Schlafzimmer lächelte Barbara Maschke gerade in halb liegender Position entgegen, während dieser ihr die Hand streichelte, um dann mit dem Zeigefinger auf ihrem Handgelenk zu verharren, den Blick auf die Armbanduhr geheftet.

»Wasser«, sagte Herr Schmidt laut und reichte Barbara das Glas. Maschke blickte missmutig auf. Barbara gab das Glas an ihn weiter.

»Jetzt hab ich mich verzählt.« Maschke gab das Glas an Herrn Schmidt zurück. Herr Schmidt setzte sich auf die andere Seite des Bettes und räusperte sich. »Was hat sie denn?«

Maschke packte Manschette und Stethoskop aus. Herr Schmidt war gezwungen zu warten. Nachdem er den Blutdruck gemessen hatte, rückte Maschke näher an Barbara heran, betastete ihren Hals und begann, leise zu ihr zu sprechen. Barbara nickte und schüttelte abwechselnd den Kopf. Sie schienen es darauf anzulegen, dass Herr Schmidt sie nicht verstand. Er kannte diese Spielchen von seinen Kindern.

»Was hat sie jetzt, Maschke?«, fragte er laut.

Maschke sah zu ihm auf, und Herr Schmidt bekam eine Gänsehaut.

»Bringen Sie Ihre Frau zu uns in die Praxis.«

Barbara sah zu Herrn Schmidt rüber und schüttelte sachte den Kopf. Herr Schmidt fixierte Maschke wie einen Kartoffelkäfer, der seine Ernte bedrohte. »Und warum sollte ich das tun?«

»Dort kann ich sie besser untersuchen.«

»Was ist dort besser als hier?«

»Hier steht mir nur ein begrenztes Instrumentarium zur Verfügung.«

»Und wenn sie nicht will?«

»Hätten Sie auch für mich ein Glas Wasser?« Maschke war aufgestanden und lächelte zum Abschied unangenehm freundlich in Barbaras Richtung.

Unten sah sich Maschke um, als hätte er noch nie eine Küche gesehen. »Geht Ihnen jemand zur Hand?«

»Was meinen Sie damit?«

»Haben Sie Hilfe im Haushalt?«

»Wieso Hilfe? Barbara macht alles selbst. Wir haben die Tiefkühltruhe voll.« Herr Schmidt ließ Leitungswasser in ein Glas laufen, nun musste er für Maschke auch noch den Kellner spielen. Maschke nahm es, dankte und stellte es auf dem Tisch ab, ohne auch nur einen Schluck zu trinken.

»Bringen Sie Ihre Frau in die Praxis«, sagte er noch einmal, langsam und ernst. »Überreden Sie sie. Sagen Sie ihr, dass Sie sonst den Notarzt rufen.«

»Sie ist kein Notfall.«

»Und wir wollen auch nicht, dass sie einer wird.«

»Sie will nicht essen«, sagte Herr Schmidt und bemerkte angewidert, dass seine Stimme leicht zittrig klang, wie bei einem Mädchen. »Ich habe es geschafft, eine Kartoffel in sie reinzukriegen. Selbst gekocht.«

Maschke schien unbeeindruckt. »Flüssigkeit ist auch wichtig. Elektrolyte. Verstehen Sie, was ich meine?«

Herr Schmidt fühlte sich angegriffen. »Ich hab ihr doch gerade Wasser gebracht. Können *Sie* überhaupt kochen?«

»Ein wenig«, sagte Maschke zerstreut. »Bringen Sie bitte auch das Versichertenkärtchen Ihrer Frau mit, sie war in diesem Quartal noch nicht da. Und ich möchte Sie hiermit persönlich an die Vorsorge erinnern. Sie werden noch gebraucht.«

Barbara ging ständig zur Vorsorge, dachte Herr Schmidt, nachdem er die Tür hinter Maschke geschlossen hatte. Und wo blieb jetzt ihr Appetit?

In der Nacht wachte er auf und sah, dass sich Barbara im Bett aufgerichtet hatte. Kein Wunder, dass sie nachts nicht schlafen konnte, wenn sie den ganzen Tag herumlag. Er berührte sie am Nachthemd: »Was ist?«

»Grießbrei«, sagte sie leise.

»Was?«

»Grießbrei. Wenn ich als Kind krank war, gab es immer Grießbrei.«

Herr Schmidt versuchte sich zu erinnern, wie es bei ihm gewesen war. »Mit Zucker und Zimt?«

»Nein!« Dass eine Stimme so schwach und zugleich so empört klingen konnte. »Mit Johannisbeermarmelade.«

»Bei euch war aber auch nichts wie bei normalen Leuten.«

Barbara legte sich abrupt wieder hin und zog sich die Decke bis unters Kinn. Nun aber fand Herr Schmidt keine Ruhe. Schließlich stand er auf und ging runter in die Küche, durchsuchte unter Helmuts irritiertem Blick die Schränke und fand ein angebrochenes Päckchen Grieß. Er las die Anleitung gründlich durch, einmal laut und mehrmals leise, schaltete das Licht über dem Herd an, maß Grieß und Milch ab, kippte beides in einen Topf und begann zu rühren. Nichts passierte. Genervt setzte er sich wieder hin und nahm die alte Zeitung mit dem noch ungelösten Kreuzworträtsel in die Hand. Beim vierten Wort zischte und stank es, die Milch flutete den Herd und brannte an, im Topf klebte eine ungleichmäßig verklumpte Masse. Herr Schmidt stellte den zischenden Topf ins Spülbecken und ging wieder ins Bett.

*

»Sie müssen halt rühren«, sagte das dicke Mädchen mit dem Kaugummi im Mund.

»Ich hab gerührt.«

»Sie müssen halt so richtig lange rühren. Bis es dick wird.«

»Wie lange?«

»Keine Ahnung. So paar Minuten halt.«

»Hab ich gemacht.«

»Dann müssen Sie halt noch länger. Das ist Übungssache. Aber wenn man nicht richtig rührt, kann man es auch ganz lassen. Kein Mensch will Grießbrei mit Klumpen.«

»Ich will auch keinen Grießbrei ohne Klumpen. Hab ihn schon als Kind gehasst.«

Sie zuckte mit den Schultern. Die Leute hinter ihm wurden ungeduldig.

»Woher weißt du das alles?«, fragte Herr Schmidt misstrauisch. »Erst der Kaffee, dann das mit dem Rühren.«

Sie verdrehte die Augen und machte eine rosafarbene Kaugummiblase.

Er verließ die Bäckerei, ohne etwas gekauft zu haben. Das mit dem Kaffeekochen klappte inzwischen, und Brötchen hatten sie noch genug da, auch wenn Herr Schmidt vergessen hatte, sie einzufrieren. Sie waren hart geworden, aber auf seine Zähne war Verlass, da konnten selbst Jüngere neidisch werden.

Der verdreckte Topf stand neben dem anderen Geschirr im Spülbecken, doch sie hatten genug andere Töpfe. Er wiederholte die Abmess-Prozedur vom Vortag und begann zu rühren. Er hatte nicht gedacht, dass er so lange rühren musste. Der Arm wurde schwer, und wäre er jünger gewesen, hätte er sich gelangweilt. Die Grießkörnchen wirbelten in der Milch, vielleicht waren sie von der langen Lagerung auch schlecht geworden. Doch dann, Herr Schmidt dachte schon ans Aufgeben, tat sich etwas. Die Milch war verschwunden, stattdessen bremste eine sämige Masse den Schneebesen. Herr Schmidt riss den Topf von der Herdplatte.

»Barbara! Schau!«

Er füllte etwas in eine gepunktete Müslischüssel und rannte fast nach oben, stolperte in der Mitte der Treppe und hielt sich mit der freien Hand gerade noch so am Geländer fest. Weil er den Löffel und die Johannisbeermarmelade vergessen hatte, musste er gleich noch einmal runter. Er hatte Barbara mit seinem Schrei tatsächlich geweckt, jetzt hielt er ihr die Schüssel unter die Nase. »Grießbrei!«

Wie ein ungezogenes Kind steckte sie ihren Finger in den Brei und leckte ihn ab. Dann streckte sie die Hand nach dem Löffel aus.

»Ich hab gerührt und gerührt«, sagte Herr Schmidt außer Atem.

»Ist ein bisschen dick geworden.«

Sie war aber auch nie zufrieden. Dennoch aß sie auf. Herr Schmidt fühlte sich, als hätte er einen Wirbel aus Grießkörnchen hinterm Brustbein.

»Wir mussten halt sparen«, sagte sie mehr zu sich selbst als zu Herrn Schmidt. »Haben die Milch mit Wasser verdünnt.«

»Ich hab nichts verdünnt.«

»Den hast du selbst gemacht?«

Herr Schmidt setzte sich hin. »Was denkst du denn? Helmut?«

»Du hast Grießbrei für mich gemacht?«

Sie sahen sich an. Barbara blinzelte. Ihr kastanienbraun gefärbtes Haar war auf der einen Seite ganz platt gedrückt und stand auf der anderen lustig ab.

»Als ob es eine Kunst wäre«, sagte Herr Schmidt heiser.

»Ich hab lange gebraucht«, sagte Barbara nach einer Pause. »Bis ich halbwegs kochen konnte.«

»Wem sagst du das.«

Er lächelte bei der Erinnerung. Am Anfang hatte sie gar nichts gekonnt. Sie war ein junges Mädchen gewesen und hatte wie ein noch jüngeres Mädchen ausgesehen. Es hatte ihm sehr viel Geduld abverlangt, als sie damals zu kochen versucht hatte. Sie brachte es fertig, dass selbst ein Rührei nach Schuhsohle schmeckte – und Eier gab es schließlich nicht geschenkt. Sie versuchte, Suppe zu kochen, die er tapfer aß. Sie selbst schaffte es nicht, er sah sie würgen. Sie hantierte mit handgeschriebenen Rezepten ihrer Mutter und Großmütter und fluchte: nichts klappte. Das Mehl war anders, der Quark war flüssiger, als sie es gewohnt war, damit konnte man nichts machen. Nicht dass sie sich beklagt hätte, aber er hatte die mit Schuldgefühlen gemischte Verzweiflung in ihrem Gesicht gesehen. Mitleid hatte er keins gehabt: Alle anderen Frauen schafften es schließlich irgendwie, ihre Männer satt zu kriegen. Nur bei Barbara brannten die Pfannkuchen in der Pfanne fest, und bei ihren Linsengerichten riskierte man glatt einen Zahn.

Seine Mutter war sauer gewesen, sagte, er würde verhungern, sagte andere ungute Dinge über Barbara. Es schmerzte ihn, dass sie die Heirat als Verrat an allem empfand, was die Familie ausgemacht hatte. Er hatte sich verboten, daran zu denken, er hatte einfach keine Wahl gehabt. Irgendwann würden sie sich dran gewöhnen, das war im Leben immer so gewesen und klappte auch dieses Mal.

Er hatte damals beschlossen, Barbara Zeit zu geben, ein Jahr. Nach sechs Monaten wurde es zumindest in der Küche besser. Die Nudeln klebten nicht mehr. Sie lernte, ein Stück Butter hinzuzugeben, eine Gewohnheit, die sie später wieder aufgab, als sie der Meinung war, sie würden alle zu dick.

Wenn er daran zurückdachte, fühlte es sich unecht an, wie ein Film, den er vor vielen Jahren gesehen hatte. Er nahm ihr die leere Schüssel ab, ging runter in die Küche, setzte sich hin und kratzte den Topf aus. Auch diesmal war etwas angebrannt, doch ausgerechnet diese dunkle Schicht schmeckte besonders gut, gar nicht nach Grießbrei, sondern nach etwas Gebackenem mit Karamell. Am Ende glänzte der Topf, sauber gekratzt mit dem Löffel. Wie lange hatte er eigentlich rühren müssen? Herr Schmidt suchte einen Stift und notierte: *Grießbrei.* Barbara hatte recht: Ein wenig flüssiger wäre besser gewesen. Er maß eine etwas größere Menge Milch ab und setzte den Topf auf die Herdplatte.

*

Er ging mit dem Hund raus. Mendels alte Mutter stand im Vorgarten und jätete Unkraut, dabei war noch gar keins zu sehen. Sie richtete sich auf, um

Herrn Schmidt Guten Tag zu sagen. Im Gegensatz zum Mendel-Sohn war sie höflich.

Herr Schmidt führte Helmut an der kurzen Leine, weil die Leute Angst vor einem deutschen Schäferhund hatten. Das war auch gut so. Dabei war Helmut sanft wie ein Lamm, Barbara hatte den Hund verzogen, einen Schoßhund aus ihm gemacht, den jeder hatte streicheln dürfen, als er noch ein Welpe gewesen war. Kein Wunder, dass er danach nicht mehr zu einem Wachhund getaugt hatte. Beim nächsten Hund würde Herr Schmidt die Sache wieder selbst in die Hand nehmen.

Er bog mehrmals nach links ab, bis er die Siedlung hinter sich gelassen hatte. Über eine etwas größere Straße gelangte er zum Marktplatz mit Ladenzeile, Pizzeria und Eiscafé. Wenn man ihn überquerte, der Hauptstraße folgte und nach links abbog, kam man an einen winzigen Hain mit einer Tischtennisplatte in der Mitte, auf der die asoziale Jugend herumlungerte, dummes Zeug redete und Drogen nahm. Ein paar Schritte weiter war schon der S-Bahnhof, vor dem ein einziges Hochhaus stand, das Herr Schmidt von allen ihm bekannten Häusern am meisten verabscheute. Er hatte prinzipiell nichts gegen die Türken, die das Hochhaus mehrheitlich bewohnten, jedenfalls nicht gegen alle. Es gab hart arbeitende Menschen unter ihnen, was er respektierte. Die meisten jedoch konnten ihre Kinder nicht erziehen, wo sollten sie auch die Zeit hernehmen vor lauter Schwarzarbeit. Vor dem Hochhaus stand eine beschmierte Betonschachtel, die sich Jugend- und Kulturzentrum nannte. Wenn anständige Mädchen nach einem Ausflug in die Stadt hier abends mit der S-Bahn ankamen, ließen sie sich von Eltern oder großen Brüdern abholen, und zwar wegen des benachbarten Jugend- und Kulturzentrums. Den finsteren Gesellen, die dort nach Sonnenuntergang herumhingen, wollte keine Frau in einer dunklen Unterführung begegnen.

Erst als er plötzlich vor dem *Goldenen Hirsch* stand, tauchte Herr Schmidt aus seinen Gedanken auf. Es war Donnerstag, der Anbau mit der Bowlingbahn war bereits beleuchtet. Herr Schmidt sah durch das Fenster, die Männer saßen schon da. Günther, John, Klaus. Ein Platz war frei, das war seiner. Er stellte sich vor, wie er hineinging, wie sie ihn laut begrüßten, lauter als nötig, weil sie alle nicht mehr so gut hörten. Sie würden Helmut streicheln, Helmut würde sich vor Freude einpinkeln und Herr Schmidt sich für die ganze Rasse schämen. Dann würde sich der Hund unter die Bank verkriechen. Hanne, die Wirtin, würde Herrn Schmidt ein Bier bringen und Helmut ein Stück Fleischwurst. Die Männer würden Hanne mit ihren Zahnprothesen angrinsen. Sie würden Herrn Schmidt nicht nach Barbara fragen, weil das nicht hierhergehörte. Sie fragten schließlich auch

Klaus nicht danach, wie es ohne seine Frau war. Sie machten einfach weiter, das gehörte sich so.

Herr Schmidt zog die Leine stramm, spürte Helmuts Aufregung. Drinnen lachte Hanne. Herr Schmidt ging weiter und zog den Hund hinter sich her, ohne ihn anzusehen. Dessen enttäuschten Blick brauchte er jetzt am allerwenigsten.

Zu Hause setzte er sich vor den Fernseher und sah dem kleinen Dicken zu, wie er Grünzeug in der Pfanne verrührte. Auf der Arbeitsplatte standen Schälchen mit Zutaten, die Herr Schmidt nicht zuordnen konnte. Der Koch redete zu viel, und das meiste hatte nichts mit seiner Tätigkeit zu tun. Die zu hohe, weibische Stimme ging Herrn Schmidt auf die Nerven, er stellte den Ton ab. Dann aber überkam ihn wiederum das Gefühl, eine wesentliche Information zu verpassen. Kaum laut gestellt, musste er sich irgendwelchen Quatsch über selbst gepflückte Kräuter anhören. Die unnötige Hintergrundmusik der Sendung bekam einen durchdringenden wimmernden Unterton. Wenig später merkte Herr Schmidt, dass letzterer von Helmut stammte. Wenn Helmut klang, als würde ihn jemand abschlachten, bedeutete das meist, dass er sich freute. Wenn Karin zum Beispiel anreiste, reagierte Helmut schon, sobald das Auto in die Straße einbog.

»Ruhe!«, rief Herr Schmidt, aber Helmut hatte sich

immer noch nicht unter Kontrolle. »Karin ist doch in Berlin«, murmelte Herr Schmidt und löste sich von der Ledercouch. Er trat in den Flur und blieb abrupt stehen. Helmut tänzelte um Sebastian herum, der gerade seine Jacke ausgezogen hatte und nun den Hund streichelte.

»Ruhe«, sagte Herr Schmidt. »Hysterischer Hund.«

Sebastian hängte die Jacke an der Garderobe auf. »Hab lieber nicht geklingelt. Dachte, ihr schlaft vielleicht.«

»Ich schlafe nicht.« Auf Sebastian war Herr Schmidt nicht vorbereitet gewesen. Mit seinem Sohn war es ihm im Flur zu eng, eigentlich war es mit ihm überall zu eng.

»Ich mach dann mal den Fernseher aus«, sagte Herr Schmidt.

»Okay«, sagte Sebastian.

Herr Schmidt ließ sich auf die Ledercouch im Fernsehzimmer sinken und streckte die Hand nach der Fernbedienung aus. Der Dicke auf dem Bildschirm schlug jetzt Sahne, was schon deswegen gut war, weil er dabei nicht reden konnte. Das Küchengerät machte Krach, Herr Schmidt schaltete den Ton wieder ab. Die Kamera zeigte den Behälter, in dem die weiße Flüssigkeit in etwas Neues verwandelt wurde, schaumig und porös, was in Herrn Schmidts Augen jedes Mal an Zauberei grenzte, wenn er denn an solchen Unsinn glauben würde.

»Was schaust du?« Sebastian ließ sich in einigem Abstand auf die Couch fallen.

»Nur so«, sagte Herr Schmidt unbestimmt.

»Was ist eigentlich mit der Küche passiert?«

»Nichts.«

»Danke für das Gespräch«, sagte Sebastian. »Schläft Mama?«

»Nein. Sie hat Grießbrei gegessen. Den hab ich gemacht.« Bevor Sebastian einen weiteren dummen Kommentar loswerden konnte, kam Herr Schmidt ihm zuvor: »Willst du auch was?«

»In der Küche kann man sich nicht aufhalten, Vater. Alles dreckig, die Milch verschüttet, selbst der Kühlschrank stand offen. Ihr braucht jemanden.«

»Wen?«

»Eine Haushaltshilfe.«

»Deine Mutter duldet keine andere Frau im Haus.«

Sebastian lehnte sich zurück und atmete scharf aus.

»Willst du jetzt Grießbrei oder nicht?«, fragte Herr Schmidt gereizt. Auf dem Fernsehbildschirm fügte der Dicke der Schlagsahne gerade geschmolzene Schokolade bei, es war ein berauschender Anblick. »Was macht er da? Barbara hat so was nie gemacht.«

»Natürlich hat sie das gemacht. Das ist Schokopudding. Hatten wir jeden Samstag, mit Himbeeren.«

»Das ist kein Schokopudding. Schau hin. Es ist einfach Schlagsahne mit Schokolade. Nur zwei Dinge vermischt.«

»Dann ist das Mousse au Chocolat.«

»Woher weißt du das?«

Wieder dieses scharfe Ausatmen und eine unnötig lange Pause. »Was hast du gerade von Grießbrei erzählt, Vater?«

Sie gingen gemeinsam in die Küche. Helmut sprang um Sebastian herum, biss ihm spielerisch in die Hand. Herr Schmidt sah die Küche plötzlich mit Sebastians Augen und verstand, was er gemeint haben könnte. Sebastian band sich Barbaras Schürze um – hatte ja auch das schneeweiße Hemd und die gebügelte Hose an – und begann, die Spülmaschine einzuräumen. Herr Schmidt fühlte sich überflüssig, wie wenn Barbara in der Küche war. Er setzte sich hin und sah Sebastian beim Aufräumen zu.

»Wo ist jetzt dein Grießbrei, Vater? Und was ist das?«

Im Topf war der Rest Brei schon wieder hart geworden. Sebastian war verwöhnt, wahrscheinlich würde er das nicht essen. Herr Schmidt winkte ab. Sebastian hängte ein feucht gewordenes Küchentuch auf, es waren Barbaras Bewegungen. Eigentlich sagten die Leute, dass Sebastian nach Herrn Schmidt kam, sie beteuerten es regelrecht, als hätte er jemals Grund gehabt, daran zu zweifeln. Aber jedes Mal, wenn er seinen Sohn ansah, sah er Barbara. Es mochte ja sein, dass Sebastian Herrn Schmidts Haarfarbe hatte, die Bewegungen und das überempfindliche

Temperament aber konnten nur von der Mutter stammen.

Herr Schmidt blinzelte. Er hatte kein Gefühl, wie viel Zeit vergangen war, bis die Küche glänzte.

»Macht deine … zu Hause auch nicht sauber?«, fragte Herr Schmidt. Er wusste nicht, wie er sie nennen sollte. Sebastian regte sich sowieso jedes Mal furchtbar auf, egal, welches Wort Herr Schmidt für sie benutzte.

»Wer?«

»Du weißt schon.«

»Sie hat einen Namen.«

»Ich kann ihn nicht aussprechen.«

»Hör genau hin.« Sebastian sprach es langsam vor. Es waren mindestens dreizehn Silben.

»Ich sag doch, ich kann ihn nicht aussprechen.«

Sebastian zuckte mit den Schultern. »Hast du überhaupt schon gefrühstückt?« Er inspizierte den Kühlschrank, holte eine Schachtel Eier hervor und drehte sie so, dass er das Verfallsdatum lesen konnte. Herr Schmidt sah mit gerunzelter Stirn zu, wie Sebastian eine Pfanne auf die Herdplatte stellte, wie sich vier Spiegeleier aneinanderdrängten, das Eiklar schnell matt und weiß wurde. Es schien lächerlich einfach. Herr Schmidt griff nach Stift und Zettel.

»Was machst du da?«

»Nichts. Notizen.«

Der Tisch war bereits gedeckt. Sie saßen sich gegenüber und aßen schweigend. Sebastian hatte die harten Brötchen in Scheiben geschnitten und ebenfalls in der Pfanne angebraten. Sie waren ölig und klebrig und mussten mit Messer und Gabel gegessen werden.

»Ich bringe Mama zum Arzt«, sagte Sebastian, als sie fertig waren.

»Maschke war da.«

»Ich weiß. Sie soll zum Facharzt.«

Herr Schmidt war im Grunde der gleichen Meinung, doch schon aus Prinzip musste er widersprechen. »Barbara geht zu Maschke, seit du klein warst.«

»Das war sein Vater, damals. Maschke junior ist doch gar nicht so alt.«

»Dachte, der ist so alt wie ich.«

Sebastian schwieg.

»Ich kann deine Mutter nicht zwingen.«

»Seit wann?«

»Was?«

»Seit wann kannst du das nicht?« Sebastian wischte etwas Eigelb vom Teller und steckte sich das letzte Stück Brötchen in den Mund. »Ich gehe mit ihr zum Arzt.«

»Nicht nötig. Ich kann sie bringen.«

»Ist es okay, wenn ich hier schlafe?«

Herr Schmidt kaute auf seiner Unterlippe herum. »Und was sagt … deine … dazu?«

»Sie hat einen Namen.«

»Ich kann ihn nicht aussprechen. Mach doch, was du willst.«

*

Die nächsten Tage fühlte er sich wie ein Gast im eigenen Haus. Sebastian war überall gleichzeitig und hielt es nicht für nötig, Herrn Schmidt um Erlaubnis zu fragen. Als er einmal längere Zeit in der Küche war, steckte Herr Schmidt den Kopf zur Tür rein: »Was treibst du da?«

»Nichts.«

»Ich hab doch was gehört.«

»Du hörst doch sonst nie was.«

Dann saß Sebastian wieder stundenlang bei Barbara im Schlafzimmer und flüsterte mit ihr herum, sodass sie keine Ruhe fand. Als Herr Schmidt Schritt für Schritt die Treppe hochstieg, fand er Barbara schlafend vor, während Sebastian neben ihr auf einem Stuhl saß und auf seinem Telefon herumspielte.

»Du störst sie doch. So kommt sie nie auf die Beine.«

»Dann red halt nicht so laut, du weckst sie sonst.«

»Sie muss was essen.«

Sebastian schaute weiter in sein Telefon. »Wollen wir was bestellen?«

»Wie?«

»Aus einem Restaurant. Lieferservice.«

»So was haben wir hier nicht.«

»Natürlich habt ihr hier so was.« Sebastian erhob sich und hielt Herrn Schmidt das Telefon mit irgendwelchen Bildern von bunten Nudeln unter die Nase.

»Dieses Zeug esse ich nicht.«

Wieder das scharfe Ausatmen. Sebastian setzte sich, richtete Barbaras Decke, drückte weiter auf seinem Gerät herum.

»Ich glaub's einfach nicht«, sagte Sebastian, als Herr Schmidt die Tiefkühltruhe öffnete. »Bereitet ihr euch auf den Dritten Weltkrieg vor?«

»Was?«

»Nichts.«

Sie hatten neun Behälter herausgenommen und auf der Ablage aufgereiht. Rotkraut von Weihnachten von vor zwei Jahren, Gulasch, Rindfleischsuppe.

»Du kannst dir was mitnehmen für zu Hause«, sagte Herr Schmidt. »Für deine … und den Kleinen.«

»Danke, geht schon.«

»Er muss doch auch was essen.«

Sebastian legte den Kopf schief und versuchte, die schon verblasste Schrift auf einem Aufkleber zu lesen.

»Pfannkuchen mit Quarkfüllung«, sagte Herr Schmidt.

»Daran erinnere ich mich gar nicht«, sagte Sebastian. »Kann man so was überhaupt einfrieren?«

Herr Schmidt zuckte mit den Schultern. »Es ist ihr Zeug, von damals«, sagte er. »Alte Rezepte von drüben.« Er riss sich zusammen, um nicht auf den Boden zu spucken. Es waren schließlich sein Zuhause und sein Fußboden.

Sebastian öffnete die Tupperdose und roch an den mit Eiskristallen überzogenen zusammengerollten Pfannkuchen. »Ja, das hast du gehasst. Hast immer so ein Theater gemacht. Warum eigentlich?«

»Ich hab kein Theater gemacht. Es ist bloß unnötig, so was zu kochen, wenn man hier ist. Es gibt genug normales deutsches Essen.«

»Da ist es schon wieder«, sagte Sebastian.

»Was?«

»Nichts.«

»Wieso kann ich nicht sagen, dass ich keine Rote Bete fressen will?«

»Ich nehme den Borschtsch mit«, sagte Sebastian. »Wenn er noch gut ist.«

»Was soll ihm schon passieren.«

Mit Sebastian war es immer so: Entweder sie redeten nicht oder sie stritten. Herr Schmidt bekam schlechte Laune. Sebastian hatte sowieso ständig schlechte Laune und war empfindlich wie eine Mimose, kein Wort, bei dem er nicht dieses merkwürdige Gesicht machte. Als hätte Herr Schmidt ihm was getan.

»Du siehst, wir kommen zurecht. Du musst deine Zeit nicht hier bei uns verschwenden.«

»Ich hab mir Arbeit mitgebracht. Wie gesagt, ich muss Mama zum Arzt fahren.«

»Das kann ich selbst tun.«

»Ja, kannst du. Aber *ich* werde es machen. Zum Abendessen gibt's für mich gefüllte Pfannkuchen.«

»Du bist schon fast vierzig und benimmst dich wie ein Kind.«

»Das sagt ja der Richtige.«

Den Rest des Tages sprachen sie nicht miteinander. Herr Schmidt wartete auf die Sendung mit dem dicken Koch, Sebastian machte sich Honigbrote, obwohl Herr Schmidt ihn darauf hingewiesen hatte, dass Barbara mindestens fünf Sorten Kuchen eingefroren hatte. Einmal öffnete Barbara die Augen und wünschte einen Tee. Herr Schmidt, der keinen Tee trank, überließ die Zubereitung Sebastian, brachte aber eine heiße Kartoffel hinterher und fragte, wo die Fernsehzeitschrift sei, vor dem Fernseher liege nur die von letzter Woche.

»Die neue hab ich noch nicht gekauft«, sagte Barbara, und Sebastian schaute, als hätte Herr Schmidt schon wieder etwas Schlimmes gesagt.

»Weißt du vielleicht, wann diese Sendung kommt, mit dem Koch?«

Barbara rollte ihre Kartoffel halb sitzend mit der Gabel auf dem Teller hin und her, wie ein verzogenes

Kind, das sich vorm Essen drücken will. »Wen meinst du?«

»Woher soll ich das wissen«, sagte Herr Schmidt. »Er hat sich mir nicht vorgestellt.«

»Medinski. Er guckt neuerdings Medinski«, sagte Sebastian.

»Ich habe es zweimal geschaut«, korrigierte Herr Schmidt, wie stets um die Wahrheit bemüht. »Höchstens dreimal. Heißt der so? Ist der Pole?«

Barbara schloss die Augen, Sebastian atmete scharf aus.

Die Sendung mit dem dicken Polen kam offenbar unregelmäßig, die ganzen Wiederholungen machten die Sache noch undurchschaubarer. Sebastian ging mit Herrn Schmidt ins Arbeitszimmer, wo Barbara früher die Buchhaltung gemacht hatte und wo sie immer noch die Bankunterlagen und alte Rechnungen in Ordnern aufbewahrte, und schaltete den Computer ein. Das Ding gehörte Barbara, Karin und Sebastian hatten ihn ihr geschenkt, sie hatte zwei Kurse an der Volksschule belegt und wusste inzwischen, wie man ihn bediente. Herr Schmidt untersagte ihr allerdings streng, Geld ins Internet zu schicken, im Fernsehen wurde immer wieder davor gewarnt.

Sebastian klickte ein wenig herum, und vor Herrn Schmidt öffnete sich eine Seite, auf der ihm tatsächlich der Dicke aus dem Fernseher entgegengrinste.

»Da ist er ja«, sagte Herr Schmidt.

»Warte. Siehst du den Button hier? Der Typ ist sogar auf Facebook. Und Mama auch, das wusste ich ja gar nicht. Schau, wir sind automatisch eingeloggt.«

Sie saßen nebeneinander vor dem Bildschirm, Herr Schmidt auf Barbaras Stuhl, Sebastian auf einem Gymnastikball, der ebenfalls Barbara gehörte. Herr Schmidt sah ein hektisches Nebeneinander von Schriften und Kästchen, dazwischen Fotos, die meisten zeigten den Garten, die blühenden Beete, aber auf einigen war auch er selbst zu sehen: neben seinem Fahrrad, mit einem Bierglas in der Hand. Über dem Ganzen stand Barbaras Name.

»Was mach ich denn da im Computer?«

»Mama hat das gepostet. Mein Gott, sind wir indiskret. Wir könnten jetzt ihre ganzen Chats lesen. Hast du Angst, dass sie fremdgeht? War nur Spaß. Guck mal, zwei Leute haben dein Foto geliked.«

»Was heißt das? Und wer?«

»Carola Buch und Dietmar Günther.«

»Günther hat es gesehen?«

»Wir könnten dir auch einen Account einrichten.« Sebastian schien die ganze Sache Spaß zu machen.

»Was soll ich damit?«

Sebastian machte irgendetwas mit dem Bildschirm, schon war Medinski mit seiner Kochschürze zurück.

»Also noch mal, das ist seine Facebook-Seite«, sagte Sebastian. »Du kannst die ganzen Videos anklicken, alles, was du im Fernsehen verpasst hast. Und sogar noch mehr, das Bonusmaterial. Darunter sind die Kommentare, da kannst du dann reinschreiben, was dir besonders gut gefallen hat.«

»Warum sollte ich so einen Quatsch tun?«

»Dann schreib halt, was du besonders doof fandst.«

»Gut.«

Sebastian klickte das erste Video an. Medinski hatte allerlei Zutaten auf der Arbeitsplatte aufgereiht: Eier, Milch, hellbraune Knubbel, die er als Champignons bezeichnete, ein paar kleine Tomaten. Er redete davon, dass man einen guten Koch an der Luftigkeit seines Omeletts erkenne, schlug die Eier in eine Schüssel und bearbeitete sie mit dem Schneebesen, ziemlich lange, aus Flüssigkeit wurde Schaum. Herr Schmidt suchte mit der Hand auf der Tischplatte herum, fand einen Stift und einen Zettel. Als er wieder aufsah, war Sebastian weg.

Herr Schmidt fuhr mit dem Fahrrad zum Einkaufen, er hatte extra niemandem Bescheid gesagt. Barbara brauchte was Frisches. An die tägliche Portion Tiefkühltruhe glaubte Herr Schmidt inzwischen weniger, als er sich und Sebastian hatte weismachen wollen. Er hatte sich nicht verabschiedet, weil er ahnte, dass Sebastian vielleicht sonst mitkommen wollen würde.

Herr Schmidt hasste es, einkaufen zu gehen, schon mit Barbara, und mit Sebastian würde es bestimmt noch schlimmer werden: Er würde alles kommentieren und Herrn Schmidt weiterdrängen, ihm nicht die Ruhe geben, die richtigen Waren zu suchen und die Preise zu vergleichen.

Herr Schmidt kaufte Eier, Milch und braune Champignons. Bei den Tomaten kämpfte er mit sich selbst. Er schimpfte mit Barbara, wenn sie Sachen einkaufte, die sie eigentlich im Garten hatten, aber es war immer noch April, und die Frage war, ob man Tomaten im April überhaupt essen musste. Dann nahm er eine Rispe aus der Auslage und legte sie in seinen Einkaufskorb. In einem Regal vor der Kasse fand er die aktuelle Fernsehzeitschrift.

An der Kasse saß ein junges Mädchen mit glitzernden Wimpern und gestreiften Krallen dort, wo normale Menschen Nägel haben. Sie scannte Herrn Schmidts Einkäufe mit spitzen Fingern, bis sie bei den Tomaten angekommen war. Sie fragte etwas, doch das Gedudel im Supermarkt war sehr laut, und das Krallenmädchen nuschelte.

»Was?«, sagte Herr Schmidt. »Sprich deutlich!«

»HamSiedieWarenichabgewogen?«, fragte das Mädchen.

»Arbeite ich hier?«, entgegnete Herr Schmidt. »Werde ich dafür bezahlt?«

Früher kam es schon mal vor, dass junge Verkäuferinnen nach einem Wortwechsel mit ihm in Tränen ausbrachen. Auch deswegen ging er nicht mehr einkaufen, Barbara schämte sich dann immer so. Aber das Glitzermädchen weinte nicht. Sie nuschelte etwas, sprang auf, sammelte auch noch die losen Champignons vom Band ein und verschwand. Herr Schmidt stand da, vor seinem Paket Milch und dem Eierkarton. Er drehte sich um, die Leute in der Schlange beobachteten ihn.

»Was glotzt ihr so«, sagte Herr Schmidt und wandte sich wieder der Kasse zu. Die Krallenfee war bereits zurück, sie hatte die Pilze und die Tomaten in Plastiktüten verpackt und ein Etikett mit Strichen draufgeklebt. Er zahlte, sie lächelte und dankte.

Herr Schmidt verstaute den Einkauf gerade in einer Stofftasche, als er seinen Namen hörte. Er achtete nicht weiter darauf und ging zum Fahrradständer. Jemand packte ihn am Ärmel, er riss sich los.

»Walter! Schmidt Walter! Bist du schwerhörig?«

Er drehte sich um und sah in das runde Gesicht einer Frau, verschmiertes Blau auf den Augenlidern, zitterndes Doppelkinn. Dass Frauen immer so viel Farbe im Gesicht haben mussten. Gut, dass Barbara nicht so war.

»Kennst mich nicht mehr? Carola? Carola Buch?«

Den Namen hatte er heute schon gehört.

»Du hast irgendwas mit meinem Foto gemacht«, sagte Herr Schmidt. »Was hast du damit gemacht?«

»Was meinst du? Ich hab mit deinen Fotos nichts am Hut.«

Sie lächelte nicht mehr, war sogar einen Schritt zurückgetreten. »Ich wollte nur nach Barbara fragen. Wie geht's ihr?«

»Gut«, sagte Herr Schmidt.

»Wann kommt sie wieder?«

»Wohin?«

»Walter, du bist mir einer. Ist sie krank?«

»Barbara ist nie krank«, sagte Herr Schmidt. »Sie muss sich ausruhen.«

»Ich ruf sie an.«

»Das ist nicht nötig.«

Mit jedem Wort machte sie einen weiteren Schritt zurück. Ihm sollte es recht sein.

»Grüß sie schön«, rief sie. Herr Schmidt nickte und hob zum Abschied die Hand.

Das Omelett wurde fast wie bei Medinski, und Herr Schmidt stellte fest, dass er so etwas wie Respekt für den dicken Polen verspürte. Als Techniker schätzte er Präzision bei Anleitungen, sie konnten nicht genau genug sein. Die schaumige Masse stockte in der gebutterten Pfanne, und die Tomaten sahen darin hübsch aus, wie aus der Werbung für Spülmittel, die er neulich gesehen hatte. Sebastian hatte sich demonstrativ noch ein paar Pfannkuchen aufgetaut. Dann probierte er ein wenig vom Omelett: »Hmm.«

Herr Schmidt trug den Teller nach oben und weckte Barbara.

»Was ist das?«, fragte sie.

Er hatte die Gabel an ihre Lippen gebracht, noch bevor sie die Augen öffnen konnte. Als sie die Frage wiederholte, schob er sie ihr geschickt in den Mund. Barbara verschluckte sich, doch dann machte sie ein paar Kaubewegungen. Herr Schmidt triumphierte stumm vor sich hin.

»Was ist das?«, wiederholte Barbara.

»Wonach schmeckt es denn?« Er zeigte ihr den Teller, den er auf ihrer Brust abgestellt hatte. Das Omelett war etwas zerrupft, aber immer noch farbenfroh. »Du musst mehr essen, Barbara. Ich habe Carola Buch beim Einkaufen getroffen.«

»Du warst einkaufen?«

Sie schien zu glauben, dass die Eier von allein in ihre Küche liefen. Herr Schmidt überging diesen Denkfehler großzügig.

»Sie hat gesagt, ich soll dich grüßen. Sie ist fett geworden und hat dummes Zeug geredet.«

Barbara konnte nicht antworten: Kaum hatte sie erneut den Mund geöffnet, hatte er wieder ein Stück Omelett hineingeschoben. Sie würgte. Er schob den Arm hinter ihren Rücken und half ihr, sich aufzusetzen. Er passte auf, dass sie alles ordentlich schluckte, dann reichte er ihr ein Glas Wasser.

»Wenn du so weitermachst, kommst du schnell wieder auf die Beine.«

*

Am nächsten Morgen fuhr Sebastian Barbara zum Arzt. Herr Schmidt sah hinter den Vorhängen zu, wie der Junge seiner Mutter die Autotür öffnete. Zu Maschkes Praxis waren es höchstens zweihundert Meter. Herr Schmidt spürte doppelte Unzufriedenheit: Er wäre bestens in der Lage gewesen, Barbara selbst hinzubringen. Außerdem war sie ohne Frühstück aus dem Haus gegangen, hatte aber immerhin am Kaffee genippt, den er ihr hochgebracht hatte.

Herr Schmidt wartete auf ihre Rückkehr. Er sah wieder aus dem Fenster, löste ein Kreuzworträtsel, blickte auf die Uhr: Sieben Minuten waren vergangen. Die Warterei machte ihn wahnsinnig. Er ging an Barbaras Computer, drückte auf den gleichen Knopf, auf den Sebastian tags zuvor gedrückt hatte. Der Bildschirm wurde hell, Medinski hielt eine Schöpfkelle in die Luft.

»Du auch hier«, sagte Herr Schmidt. »Hast wohl nichts Besseres zu tun?«

Er führte den kleinen Pfeil, wie Sebastian es getan hatte, auf Medinskis Leibesmitte und klickte. Medinski begann zu reden. Er hielt Herrn Schmidt einen grünen Spargel hin und erläuterte, dass man bei diesem, anders als bei weißem, nur die Enden abschneiden und sich nicht zu Tode schälen müsse. Er sagte wirklich *zu Tode schälen.* Herr Schmidt schnaufte verächtlich. Spargel schälen konnte er, von Mai bis Juni half er Barbara dabei. Er war sogar der Meinung, sich beim Schälen deutlich geschickter anzustellen als sie. Barbara brach immer die verholzten Enden ab, während Herr Schmidt vorschriftsmäßig nicht ganz zwei Zentimeter abschnitt. Sie erzeugte viel mehr Abfall.

Herr Schmidt schob mit der Maus den Pfeil über den Bildschirm. Unter dem Video entdeckte er Namen und Worte. Herr Schmidt war nicht doof, er sah sofort, dass die Leute sich diese Sätze wie im Gespräch zuwarfen. Die Schrift war ein bisschen klein, er setzte die Lesebrille auf, beugte sich vor und las Satz für Satz. Die Frauen lobten Medinskis unprätentiöse Art, während einige Männer an einzelnen Details etwas auszusetzen hatten, sie diskutierten über Essigsorten und ob in die Bolognese gewürfelter Sellerie gehörte.

Herr Schmidt dachte ebenfalls darüber nach, fragte sich nach einer Weile allerdings auch, seit wann er sich für Weiberkram interessierte. Irgendwann stand er auf und ging zum Kühlschrank. Barbara kaufte immer eine große Knolle Sellerie, die wie ein deformierter Kopf ohne Gesicht aussah. Herr Schmidt nahm das übrig gebliebene Viertel aus dem Gemüsefach und roch daran. Der Sellerie duftete würzig und merkwürdig fleischig, als hielte er sich für was Besseres. Barbaras unbedacht wirkendes Zusammensuchen von Dingen, die sie in Essen verwandelte, musste zielgerichteter gewesen sein, als Herr Schmidt gedacht hatte. Er begriff schlagartig, dass es nur eine Antwort gab: Sellerie gehörte unbedingt in die Bolognese. Der Geistesblitz führte ihn an den Computer zurück. Er fand eine freie Zeile unter dem Video und schrieb diese Erkenntnis hinein.

Während er missmutig feststellte, dass sein Beitrag zur Diskussion unter Barbaras Namen erschien, gab der Computer wiederholt Töne von sich. Herr Schmidt entdeckte bald, dass sein Satz mit lachenden Gesichtern und Herzen gewürdigt wurde.

Ich bin nicht Barbara, schrieb er hinterher, bevor die Leute noch etwas Falsches dachten. *Ich bin ihr Mann.*

Der Computer piepste aufgeregt. Hier und da ploppte etwas auf, und unter Herrn Schmidts Kommentar erschienen zig weitere.

Wer ist Barbara?

Was hast du mit ihr gemacht?

Warst du früher Barbara? Bist du trans?

Ich könnte dir alles verzeihen, auch das geschlechtliche Durcheinander, aber nicht das mit dem Sellerie. Sellerie in der Bolognese geht gar nicht.

Herr Schmidt kämpfte gegen ein aufkommendes Taubheitsgefühl an.

Barbara ist meine Frau, schrieb er. *Sie kocht immer. Aber jetzt kann sie nicht. Und ich bitte darum, mich nicht zu duzen.*

Ist Barbara tot?, fragte ein Arschloch namens Mister Superkoch.

Du bist gleich selbst tot, dachte Herr Schmidt, verkniff es sich aber, vielleicht, weil er trotz der Klarstellung immer noch in Barbaras Namen schrieb und nicht wusste, wie er das ändern konnte.

Ich will wissen, was noch in die Bolognese kommt, tippte er zum wiederholten Mal.

Ich hab dich doch längst unter dem Video getaggt, wo das ausführlich und idiotensicher erklärt wird, schrieb Mister Superkoch.

Ich verstehe nicht, was Sie meinen, antwortete Herr Schmidt höflich.

Ich habe Ihnen einen Link über PN *geschickt, Barbara.*

Ich auch, mischte sich jemand namens Auguste Gusteau ein.

Wie bitte?, schrieb Herr Schmidt.

Mein Gott, Barbara, jetzt nimm mal die Maus in die Hand und scroll nach oben, es ist das fünfte Video. Wie alt bist du?

Wieso duzt du ihn schon wieder, er hat dich doch ganz höflich gebeten, es zu lassen.

Reißt euch zusammen, Leute, wir werden alle irgendwann alt.

Glaubt ihr wirklich, dass Barbara ein Mann ist, der kochen lernen will?

Herr Barbara, sehen Sie da oben in der Leiste ein Bildchen, das wie eine Sprechblase mit Blitz aussieht? Klicken Sie da mal drauf.

Herr Schmidt folgte der Anweisung. Es öffnete sich ein neues Kästchen mit einem längeren Text, der in zwölf Schritten die Zubereitung einer Bolognese erklärte. Er holte Notizblock und Stift und übertrug die Anleitung auf Papier.

Barbara und Sebastian kamen erst viele Stunden später zurück. Herr Schmidt hatte zwischendurch auf die Uhr geschaut, festgestellt, wie viel Zeit schon vergangen war, und immer wieder eine quecksilberartige Kälte in der Brust verspürt. Doch die Bolognese rettete ihn vor unnötigem Kopfzerbrechen, immerhin forderte sie seine ganze Aufmerksamkeit. Am Ende hatte er, vertieft in die Lektüre des Texts auf der Nudelpackung, Barbara tatsächlich kurz vergessen. Nudeln hatten sie noch im Schrank gehabt, von Vorratshaltung verstand Barbara etwas. Die Anleitung war so unmissverständlich, dass es nicht nötig war, noch einmal die Klugscheißer im Computer zu befragen.

Barbara und Sebastian kamen herein. Barbara setzte sich sofort, Sebastian blickte sich um. »Was ist hier passiert? Blutest du?«

Herr Schmidt sah an sich herunter. »Das ist Tomatensoße.«

»Warum nimmst du keine Schürze?«

»Damit ich wie ein Weib aussehe? Barbara, hast du Hunger?«

»Später vielleicht.«

»So wirst du nie gesund!«

Das Essen war längst fertig, Herr Schmidt wurde ungeduldig. Es war respektlos, ihn jetzt noch länger warten zu lassen. Sebastian schien das zu merken, stellte die Teller auf den Küchentisch, und sie setzten sich hin. Herr Schmidt saß an seinem üblichen Platz, Barbara hatte sich zurückgelehnt und atmete schwer, als wäre sie gerannt. Sebastian sah von einem zum anderen, stand dann auf, verteilte die inzwischen gekochten Nudeln und Herrn Schmidts Bolognese. Die Nudeln klumpten zusammen, man hätte sie mit einem Messer schneiden können. Herr Schmidt runzelte die Stirn, er hatte alles genau nach Anleitung gemacht.

Sie aßen schweigend, selbst Barbara probierte einige Bissen und kaute nachdenklich, als würde sie versuchen, sich an etwas zu erinnern. Herr Schmidt wartete auf irgendwas, eine Reaktion, ein Wort, wenigstens den Hinweis, was er alles falsch gemacht hatte. Irgendwann hielt er es nicht mehr aus.

»Ich hab Sellerie reingemacht!«

»Nicht schlecht«, sagte Sebastian.

»Was meinst du mit *nicht schlecht?* Es schmeckt gut, es ist richtiges Essen, nicht so ein Schrott, den die in der Werbung in sich hineinstopfen! Warum sagt ihr nichts? Und überhaupt, was meinte Maschke?«

Sebastian sah Barbara an, Barbara sah aus dem Fenster. Herr Schmidt trommelte mit den Fingern.

»Maschke hat uns gleich zum Facharzt geschickt«, sagte Sebastian nach einer Pause. »Er hat selbst dort angerufen, ich habe sie hingefahren, Blutbild, Ultraschall, all das.«

»Ja und jetzt?«

»Sie wollen Mama stationär.«

»Was hat sie denn?«

Barbara sah immer noch aus dem Fenster. Sebastian wartete, blickte zwischen ihnen hin und her, zuckte dann mit den Schultern.

»Das ist noch nicht ganz klar.« Jedes Wort schien ihm schwerzufallen.

»Willst du ins Krankenhaus, Mädchen?« Herr Schmidt drehte sich zu Barbara. Er kannte sie bereits ihr Leben lang – denn das, was sie vor dem Kennenlernen getan hatte, war kaum der Rede wert. Er hatte so viel mit ihr erlebt, nichts an ihr konnte ihn jetzt noch überraschen. Sie war eine farblose Braut gewesen, die blonden Fusselhaare, der schreckhafte Blick. Ironischerweise hatte sie damals fast schon deutscher ausgesehen als er, da hätte seine Mutter also gar nicht so toben müssen. Verrückt vor Liebe war er sicher nicht gewesen, aber er hatte bereits gewusst, wie man Verantwortung übernimmt, auch wenn einem nicht danach ist. Zwischendrin hatte Barbara sich verändert, von einem Tag auf den anderen, er hatte diese Übergänge oft nicht mitgekriegt. Es gab damals andere Dinge, die seine Aufmerksamkeit verlangt hatten. Er war ein Mann, musste arbeiten. Er hatte immer viel gearbeitet, war der König der Überstunden. Am Wochenende dann auf eigene Faust, der Chef hatte nicht alles wissen müssen. Herr Schmidt hätte Barbara manchmal auf der Straße nicht wiedererkannt, sie trug von einem Tag auf den anderen mal eine neue Haarfarbe, mal eine große Frisur wie aus der Zeitschrift. Sie mochte bunte Kleider, er ließ sie gewähren. Er hatte aber auch zwischendurch schon mal strenger, auch lauter werden müssen: Sie hatte verrückte Ideen gehabt, wollte arbeiten gehen oder den Kindern nicht deutsche Buchstaben beibringen. Wirklich geschlagen hatte er sie nie, zerbrechlich wie sie ihm anfangs erschienen war, und auch nicht, als sie zwischendurch ein paar Kilo zugelegt hatte: So robust wie andere Mütter wirkte sie nie.

Der regulären Zeitrechnung nach musste sie inzwischen eine alte Frau sein, aber Herr Schmidt hatte, so angestrengt er sie auch anstarrte, keine alte Frau vor sich. Er blickte Barbara an und ertappte sich irritiert bei dem Gedanken, dass sie schön war. Ihr Haar war dicht und leicht gelockt, ihre Augen schienen etwas zu sehen, was sie niemandem verraten würde, auch ihm nicht. Vor allem ihm nicht. Plötzlich dachte Herr Schmidt an Sebastians Worte, dass er ja jetzt Barbaras Briefe im Computer lesen könne. Vielleicht war das gar kein Scherz, sondern eine Warnung gewesen. Es liefen einige alte Säcke herum, die keine Frauen mehr hatten, und Barbara war perfekt, dachte er überrascht. Natürlich gab es noch viel mehr alte Frauen, schon wegen der Statistik, aber Herr Schmidt hatte sie alle gesehen: kein Vergleich zu Barbara.

»Ich gehe nicht ins Krankenhaus«, sagte Barbara mitten in seine Gedanken hinein.

»Sicher, warum auch«, sagte Herr Schmidt und spießte einen Nudelklumpen auf. Den schwierigen Teil des Gesprächs hatte er hinter sich, endlich konnten sie in Ruhe essen. »Ich hab diese Kräuter aus deinem Regal genommen, die französische Mischung.«

»Ich rieche es«, sagte Barbara. »Ich würze meist noch mit Knoblauch nach.«

»Ich nicht!« Herr Schmidt war der Meinung, dass er Knoblauch verabscheute.

»Mama«, Sebastian klang, als müsste er jedes seiner Worte einen Berg hochwuchten. »Lass dir ein paar Tage Zeit, lass uns dann alles noch mal besprechen. Es ist keine Lösung, so zu tun, als wäre nichts.«

»Lass deine Mutter in Ruhe. Hast du nicht gehört, was sie gesagt hat?«

Herr Schmidt hatte sehr viel Bolognese gekocht, er musste mehr als die Hälfte einfrieren. Barbara zeigte mit der Hand, wo sie die Tupperdosen aufbewahrte. Herr Schmidt füllte ab. Sebastian hatte seine Reisetasche bereits in den Flur gestellt.

»Vater, ich habe gerade sauber gemacht, jetzt ist schon wieder alles voller Tomatensoße. So komme ich nie weg. Und zieh dich doch um Himmels willen um.«

»Unverschämt«, sagte Herr Schmidt. »Du warst schon immer unverschämt. Nimm die Soße für den Jungen mit.«

»Danke, er kommt schon ohne aus.«

»Deine … hat vielleicht heute nicht gekocht, so habt ihr ein Abendessen.«

Sebastian warf die Tupperdose wie eine Handgranate in seine Tasche. Ein Glück, dass Herr Schmidt alles sorgfältig verschlossen hatte. Wahrscheinlich würde Sebastian den gesamten Inhalt bei der nächsten Gelegenheit entsorgen, ihm war alles zuzutrauen.

»Was ist überhaupt los mit dir?«, fragte Herr Schmidt.

Sebastian murmelte irgendwas.

»Ich verstehe dich nicht!«

»Es ist nicht meine Woche!«, brüllte Sebastian.

»Was?«

»Henry ist bei seiner Mutter.«

»Da gehört ein Kind auch hin.«

»Dann sind sich ja alle einig. Ich fahre jetzt.« Sie standen voreinander, Sebastian zog es ruckartig nach vorne, doch bevor er mit Herrn Schmidt kollidieren konnte, machte er einen Schritt zurück und hielt ihm die Hand hin. »Dass du kochst, ist ein Ding, Vater. Ehrlich, ich hab das noch gar nicht genug gewürdigt. Ich bin beeindruckt. Ich ruf euch an. Sprich mit Mama, das sind keine Unmenschen im Krankenhaus. Man darf nie die Hoffnung verlieren.«

Herr Schmidt ließ, ratlos angesichts der vielen Worte, die weiche Mädchenhand seines Sohnes los. Sebastian stand wie angewurzelt auf der Türschwelle, was wollte er denn noch?

»Fahr endlich.« Er schob Sebastian durch die Tür. »Der Junge wartet.«

»Ich sag doch, es ist nicht meine Woche!«

»Blödsinn! Auf der Autobahn sind nur Verrückte. Rase nicht.«

Nachdem Sebastian gefahren war, stand Herr Schmidt noch eine Weile hinter der Milchglastür. Wenn man schräg hinausblickte, konnte man fast die ganze Straße sehen, bei guten Augen sogar die Nummernschilder der vorbeifahrenden Autos. Herr Schmidt hatte gute Augen. Mendel, der Nachbar gegenüber, der ganze Tage mit dieser Beschäftigung verbrachte, brauchte dagegen bereits eine Brille.

Es war nicht zu fassen, wie viel Barbara neuerdings schlafen konnte. So viele Tage waren vergangen, und sie machte immer noch keine Anstalten aufzustehen. Seit Herr Schmidt in Rente war, war Barbara sein Taktgeber. Natürlich war sie niemals so präzise wie eine richtige Uhr. Herr Schmidt hatte die Zeit immer genau im Blick: halb sechs aufwachen, vor sieben den ersten Kaffee, um zehn der erste Spaziergang mit Helmut. Doch erst Barbara füllte die Tage mit Geräuschen und Bewegung, mit Tellern und Tassen, mit der Frage, ob er zum Einkaufen mitkomme, sie wolle nicht schwer tragen. Er murrte, kam aber natürlich mit. Sie aßen pünktlich um halb eins zu Mittag und besprachen das Wetter, den Garten und die Auswirkungen des Wetters auf den Garten. Während Barbara abräumte, saß Herr Schmidt im Sessel, hörte sie in der Küche nebenan mit dem Geschirr klappern und las die Zeitung. Er informierte sie, wie viel Zeit seit der letzten Mahlzeit vergangen war, wie lange es noch bis zum Nachmittagskaffee dauern würde, dann käme schon das Abendessen und er würde den Fernseher einschalten können.

Nun war alles anders. Er musste sich permanent einen Ruck geben. Der Blick auf die Uhr brachte ihn nicht weiter, solang Barbara im Schlafzimmer lag. Er musste jetzt Barbara sein, für sich selbst und für Barbara. Vor allem musste er aufpassen, dass sie sich nicht zu Tode hungerte. Sebastian hatte so lange bei ihr gesessen und durchdringend geflüstert – was hatte er ihr eigentlich erzählt? Und sie ihm?

Herr Schmidt berührte Barbara an der Schulter. Sie öffnete die Augen, ihr Blick war milchig.

»Bist immer noch müde?«

»Ein wenig.«

»Der Junge hat etwas von seiner Woche gesagt. Was meinte er?«

»Er will, dass Henry die Hälfte der Zeit bei ihm verbringt. Sie will das nicht, sie will mit dem Kleinen wegziehen.«

»Was sagst du da? Wer mit wem?«

»Amani«, sagte Barbara scheinbar mühelos. »Sebastians Ex-Frau.«

Herr Schmidt blinzelte.

»Ich hab's doch gesagt. Ich hab's doch gesagt, es wird nicht gutgehen mit den beiden.«

»Ja. Du hast es ihnen immer gesagt.«

»Dir auch! Dir hab ich es auch immer gesagt.«

»Mir auch, stimmt. Du hast es allen gesagt. Jedem und sehr oft.«

»Und wer hat nun bitte schön recht?«

Barbara drehte sich auf die andere Seite.

»Du willst nicht ins Krankenhaus, oder, Barbara?«

Sie schüttelte den Kopf.

»Wenn du nicht willst, dann musst du auch nicht.«

Sie nickte. Herr Schmidt wischte sich den Schweiß von der Stirn, das Gespräch hatte ihn angestrengt.

»Du musst nicht bei mir sitzen«, sagte Barbara, er hörte ihre Stimme kaum.

»Was?«

»Geh raus, geh was trinken.«

»Was trinken? Es ist doch nicht Donnerstag!«

»Ach, Walter.« Sie lächelte.

Herr Schmidt ging also mit dem Hund durch den Ort und legte in Gedanken einen Einkaufszettel an. Er benötigte inzwischen immer wieder Dinge, an die er noch nie im Leben gedacht hatte. Behielt er sie nicht im Blick, kamen ihm andere zuvor und stellten ihn vor vollendete Tatsachen. Sebastian zum Beispiel hatte, ohne dass Herr Schmidt es gemerkt hatte, einen Sack Trockenfutter in der Speisekammer deponiert und behauptet, dass der Hund vom gemeinsamen Frühstück und Abendessen Durchfall bekomme. Das war zwar Unsinn, der Sack aber nun da, und der hatte Geld gekostet. Also gehörte das Futter aufgebraucht.

In der Unterführung saß ein Mensch, den Herr Schmidt hier noch nie gesehen hatte. Er konnte nicht einmal genau sagen, ob es sich um einen Mann oder eine Frau handelte. Der Mensch trug mehrere Jacken übereinander, seine Füße steckten in zerfledderten Hausschuhen, durch die Löcher im Filz waren Wollsocken zu sehen. Daneben stand ein mit Plastiksäcken beladener, offensichtlich einem Supermarkt entwendeter Einkaufswagen. Helmut wurde unruhig,

Betrunkene machten ihm Angst. Der kleine Hund, der auf der Decke neben dem Einkaufswagen lag und zu schlafen schien, rührte sich nicht, als stünde auch er unter Drogen. Herr Schmidt zog Helmut an den beiden vorbei. Der Anblick verstörte ihn mehr, als er sich eingestehen wollte. Natürlich hatte er in seinem Leben schon Obdachlose gesehen, aber noch nie so nah an seinem Zuhause. Er hätte schwören können, dass sie so etwas hier nicht hatten. Schließlich ging auch Barbara regelmäßig in der Nähe einkaufen, und Herr Schmidt hatte bislang nie an ihrer Sicherheit zweifeln müssen.

Er konnte den Gedanken erst abschütteln, als er im *Goldenen Hirsch* saß. Es war nicht Donnerstag, es war nicht einmal Nachmittag. Der Anbau mit der Bowlingbahn war noch geschlossen, Herr Schmidt nahm an einem Tisch im vorderen Bereich Platz. Schon stand Hanne vor ihm und grinste ihn an. »Walter. Ich trau meinen Augen nicht!«

Sie schien gerade aus der Küche zu kommen, trug Schürze und hatte ein feuchtes Geschirrtuch in den Händen. Um diese Uhrzeit war wenig Betrieb, für ein Bier war es zu früh, und Kaffee konnte sich Herr Schmidt selbst kochen. Er konnte nicht umhin, jedes Mal festzustellen, dass Hannes lachende braune Augen sie wie ein Reh aussehen ließen, nach dem man die Hand ausstrecken wollte, um durch die dunklen Locken zu wuscheln. Hanne hatte immer noch ein rundes Mädchengesicht. Sie sah harmlos aus, hatte es aber faustdick hinter den Ohren. Das war bei ihr schon immer so gewesen, wer wusste es besser als er. Als sie jung war, hatte sich Herr Schmidt erstmals beim Gedanken an ein weibliches Hinterteil ertappt, konkret an Hannes, kein anderes. Auch später, als sie fortgegangen und nach zwei Jahren mit einem unehelichen Balg zurückgekommen war, hatte sich an diesem Körperteil nichts verändert. Und auch das Bambi-Gesicht blieb niedlich wie zu Schulzeiten, sodass niemand sich wunderte, als der Sohn des Wirts sie trotz der Bagage vom Fleck weg heiratete. Herr Schmidt hätte an seiner Stelle etwas länger drüber nachgedacht und hatte es im Grunde auch getan, dabei hatte es nicht viel nachzudenken gegeben: Er hatte da bereits Barbara, bei deren Anblick ihm ganz andere Gedanken kamen. Aber aus der Sache war er damals einfach nicht mehr rausgekommen.

»Was willst du trinken, Walter? Einen Kaffee?«

»Kaffee kann ich mir selber kochen«, sagte er, stellte aber fest, dass er wie ein Depp zurückgrinste – bei Hanne taten das viele Männer. »Bring mir einen Sauergespritzten.«

»Um diese Uhrzeit?«

»Ich sag doch, gespritzt.«

Sie nickte und kam in Rekordzeit ohne Geschirrtuch und Schürze zurück, dafür mit einem kleinen runden Tablett, auf dem ein Glas und eine dampfende

Tasse standen. »Ich setz mich mal zu dir«, sagte sie. Und sie tat es tatsächlich, das war bei ihr immer so: angekündigt, ausgeführt.

»Wie geht's Barbara?«

»Haben's jetzt alle schon gehört?«

»Ist es denn ein Geheimnis?«

»Unsinn. Aber was soll ich sagen. Sie kommt halt nicht richtig auf die Beine.«

Hanne hätte jetzt sagen sollen, dass es schon wird. Aber sie schwieg, als wüsste sie etwas, was Herrn Schmidt bislang niemand verraten hatte.

»Was ist?«, fragte er gereizt.

»Du hast bestimmt Hunger«, sagte sie. »Ich mach dir mal schnell ein Bauernfrühstück.«

Er wollte entgegnen, dass er sich auch das selbst machen konnte. Aber die Zunge schien auf einmal so schwer, und das Kinn nickte von allein. Hanne verschwand wieder, und er saß da und betrachtete das Muster auf der Tischdecke, das sich so lange wiederholte, bis es zu einer Stelle kam, wo ein Fleck war. Herr Schmidt versuchte, ihn mit dem Fingernagel abzukratzen. Er ging nur schwer ab, plötzlich war da ein Riss in der Tischdecke. Das Muster war zerstört.

»Achtung, heiß.« Hanne legte schwungvoll ein Holzbrett auf den Tisch und stellte eine Pfanne drauf, in der Kartoffeln und Eier brutzelten. »Mahlzeit.«

So gern Herr Schmidt Hanne auch ansah, am liebsten hätte er unbeobachtet gegessen. Sie fraß ihn geradezu mit den Augen. Nach den ersten Bissen merkte er, wie hungrig er war. Er bemühte sich, nicht zu schlingen, seine Kehle zog sich krampfhaft zusammen. War da ein Funken Mitgefühl in Hannes Blick?

»Ich koche jetzt bei uns«, sagte Herr Schmidt.

»Du?« Sie lehnte sich zurück, überrascht, aber nicht zu sehr. »Na, warum auch nicht. Bernd kocht mindestens so gut wie ich. Vielleicht besser. Ist ja auch jünger.« Bernd war der uneheliche Sohn, der ab und zu in der Kneipe aushalf. Der Wirt-Ehemann war längst tot, Bernd war bei dessen Tod noch ein Junge gewesen, von da an galt er als der eigentliche Mann an Hannes Seite.

»Ich kann's noch nicht so gut«, sagte Herr Schmidt aufrichtig. »Man muss an so vieles denken. Ich hab im Internet einen Mann gefunden, der erklärt, wie's funktioniert.«

»Welchen?«, fragte Hanne interessiert.

»Kennst du nicht. Medinski.«

»Klar kenn ich den. Der hat doch diese Kochshow.«

»Ja, genau der.«

Die Pfanne war leer. Doch Hanne hatte noch ein Körbchen mit Roggenbrot auf den Tisch gestellt, und es war noch eine halbe Scheibe übrig, mit der Herr Schmidt nun die Reste aufsammelte.

»Das Erste, was Bernd in seinem Leben gekocht hat, war Milchsuppe«, sagte Hanne. »Ich weiß noch, ich hatte so schrecklich Grippe, und es war sein Lieblingsgericht. Da war er zwölf. Quatsch, höchstens neun. Schreckliches Essen, aber geht schnell, und alle werden satt.«

»Wie geht das?«

»Nicht der Rede wert. Du brauchst Milch und Nudeln …«

»Warte!« Herr Schmidt hob die Hand. »Gib mir mal einen Stift und ein Blatt Papier.«

Milch, Nudeln, Zucker und Salz hatten sie zu Hause. Herr Schmidt hatte von Hanne verlangt, alles genau zu benennen: die Mengen, die Temperaturen. Was heißt das: *Milch in einem Topf erwärmen?* Bei wie viel Grad? Was heißt, *so, dass es nicht überkocht und angenehm ist?* Für jeden ist doch was anderes angenehm?

»Barbara mag's nicht so heiß. Verbrennt sich leicht die Zunge.« »Dann mach es halt, wie sie es mag.« Für einen Moment war Hannes Lächeln verschwunden. Noch nie hatten sie so lange miteinander gesprochen, ließ man die ganz frühen Jahre mal außen vor. Wenn er mit den Männern beim Bowling war, kassierte Bernd und brachte wortlos die Getränke. Zum Essen blieb Herr Schmidt sonst immer ungern, weil Barbara besser kochte und aus einem anderen Grund, den er nicht einmal sich selbst eingestand. Sollten sie ihn alle geizig nennen, was sie ja auch ausgiebig taten. Das Bauernfrühstück aber war sehr gut gewesen, und Hanne hatte kein Geld dafür gewollt. Sie hatte eine regelrechte Szene veranstaltet, mit den Händen gefuchtelt, ihm den Schein, den er schließlich unter den Aschenbecher geklemmt hatte, hinterhergetragen und ihn ihm im Gehen – er konnte es kaum fassen – in seine Hosentasche gesteckt.

Herr Schmidt probierte die Milch mindestens fünf Mal, bis sie nicht mehr lauwarm war, aber auch noch nicht kochend heiß. Er hatte nicht mit Zucker gegeizt, Barbara konnte Zucker vertragen, doch überraschenderweise war es wieder das Salz, das Milch und Nudeln erst zu einem richtigen Essen machte.

»Milchsuppe?«, fragte Barbara verschlafen. »Das sollte man nicht im Bett essen, oder?«

Tatsächlich verließ sie das Schlafzimmer, mit Bademantel über dem Nachthemd, und nahm am Küchentisch Platz. Sie hatte Schwierigkeiten mit den Nudeln, weil Herr Schmidt Spaghetti genommen hatte, die ihr nun vom Löffel rutschten. Er legte Messer und Gabel dazu. Die Milch spritzte in alle Richtungen, als Barbara die langen Nudeln einsaugte.

»Was hast du da bloß gemacht?«

»Schmeckt's nicht?«

»Das hab ich als Kind immer gegessen. Und schon damals hab ich mich dabei so eingesaut.«

»Ihr hattet doch gar keine Spaghetti«, sagte Herr Schmidt.

»Stimmt, die Nudeln waren bisschen anders. Warum schaust du mir immer beim Essen zu?«

»Mach ich gar nicht.« Herr Schmidt wandte sich demonstrativ ab, Richtung Arbeitsplatte. Er entdeckte die halb leere Nudelpackung, erhob sich und verstaute sie im Küchenschrank. Barbara folgte seinen Bewegungen mit den Augen.

»Ist was? Falscher Schrank, oder was?«

Sie kaute auf ihrer Unterlippe herum. »Nein. Es schmeckt wirklich gut.«

»Jetzt übertreib mal nicht. Es ist nur ein bisschen Milch mit Nudeln. Und Zucker und Salz.«

Sie lehnte sich zurück und strich sich über den Bauch. Der Teller war noch mindestens halb voll.

»Das war es schon?«, fragte Herr Schmidt enttäuscht.

»Macht schnell satt.«

»Hab ich mir die ganze Mühe umsonst gemacht?« Der Satz glitt ihm von den Lippen wie eine glitschige Spaghetti, und es war nicht möglich, ihn wieder einzusaugen. Sie hob die Augen. Es schauderte ihn. Wenn sie ihn so anschaute, dann wusste er nie, worauf sie hinauswollte. Wenn er mit ihr geschimpft hatte, gerade am Anfang, als sie noch gar nicht wusste, wo es langging, hatte sie nie widersprochen, sondern ihn genau so angeschaut. Er hatte sich dabei schon damals wie ein Stück Dreck gefühlt und sie dafür gehasst.

»Ich geh wieder ins Bett, Walter.«

»Bleib doch da«, sagte Herr Schmidt. »Man kriegt dich gar nicht mehr zu Gesicht.«

Er öffnete die Tür, die von der Küche aus direkt in den Garten führte. Die letzten Tage waren warm gewesen, er würde bald zum ersten Mal in diesem Jahr den Rasen mähen müssen. Die Äste des Birnbaums sahen gestärkt aus, an einigen dickeren Knospen zeigten sich bereits grüne Spitzen. Er holte einen Liegestuhl aus dem Schuppen, wischte die Spinnweben weg: Weder Barbara noch er benutzten diese Stühle, aber Karin und ihre beste Freundin Mai fanden es toll, bei ihren Besuchen im Garten zu liegen und »Herrlich, diese Ruhe!« zu rufen. Herr Schmidt baute den Liegestuhl auf, stellte ihn in die Sonne und fasste Barbara am Ellbogen. »Komm. Es ist warm draußen. Frische Luft.«

Dann war plötzlich ihre Hand in seiner. Wie zwei Kinder machten sie gemeinsam die fünf Schritte zum Liegestuhl, Barbara nahm Platz und lehnte sich leicht irritiert zurück. Und jetzt?, schien ihre Miene zu fragen. Ein leichter Wind wirbelte ihr Haar auf. Barbara schauderte.

»Ist dir kalt?« Herr Schmidt holte eine Wolldecke aus dem Haus und breitete sie über Barbara aus. Sie griff danach und zog sie hoch, bis sie bis zum Hals bedeckt war. »Du frierst, weil du nichts isst und dich nicht bewegst«, sagte Herr Schmidt streng. Dann war schon wieder ihre Hand in seiner. Diesmal erschrak er. Beim ersten Mal war ihm gar nicht aufgefallen, wie trocken und kühl ihre Haut war, als würde sie gar nicht zu einem lebendigen Menschen gehören. Barbara zog die Hand wieder zurück. Herr Schmidt pfiff nach Helmut, der angetrottet kam und sich gehorsam zu Barbaras Füßen legte. Mit Hund war der Anblick leichter zu ertragen. »Was willst du essen?«, fragte Herr Schmidt, immer noch unter dem Eindruck der Berührung.

»Ich bin doch schon so satt.«

»Das kann nicht sein. Du brauchst was Stärkendes. Sag, was.«

»Ach, Walter.«

»Ich mein es ernst, Barbara.«

Er hatte gehofft, dass sie irgendwas mit Rouladen und Rotkraut sagen würde, mit Klößen, Wildschweingulasch seinetwegen. Er dachte wieder an Hanne, die davon lebte, dass sie Essen und Getränke verkaufte, und die sicher alles hinkriegte, und ärgerte sich sogleich über diesen Gedanken. Das Bauernfrühstück lag ihm auf einmal schwer im Magen, egal, wie viele Stunden seitdem vergangen waren.

»Borschtsch«, sagte Barbara.

»Red doch keinen Quatsch.«

»Du hast gefragt.«

Jetzt war sie undankbar. Er gab sich solche Mühe mit ihr, er erlaubte sich nicht einmal, ein Kneipenfrühstück zu genießen, und sie musste jetzt mit so was kommen.

»Du bist nicht mehr dort, Barbara.«

»Es ist doch nur Essen.«

»Red keinen Quatsch«, wiederholte Herr Schmidt.

Zum Abendessen machte er Bratkartoffeln mit Rührei nach Anleitung aus dem Internet. Medinski hatte kein Video dazu, aber Herr Schmidt fand eine leere Zeile auf der Seite und schrieb die Frage nach dem Rezept einfach rein. Sofort regnete es Antworten. Er fischte die halbwegs sinnvollen heraus, verglich sie miteinander und übertrug die Quintessenz auf sein Blatt. Dann brannten ihm die Bratkartoffeln an, weil Karin anrief und er die Pfanne stehen lassen musste, um zum Telefon zu hasten. Karin fragte nicht nach ihrer Mutter, Sebastian hatte sie vermutlich bereits über alles informiert. Sie wollte nur wissen: »Funktioniert's halbwegs bei euch?«

»Was meinst du?«

»Habt ihr genug zu essen?«

»Dumme Frage«, sagte Herr Schmidt wahrheitsgemäß.

»Du weißt, man kann sich fast alles liefern lassen. Ich hab mir ein paar Adressen in eurer Nähe rausgesucht.«

»Du musst dir gar nichts raussuchen. Uns geht's gut«, sagte Herr Schmidt. Und fügte mit einer gewissen Bitterkeit hinzu: »Deine Mutter will Borschtsch.«

»Oh nee, das ist ja voll schwer«, sagte Karin sofort.

»Darum geht es nicht.«

»Ach so, du machst wieder auf Nazi.«

»Was erlaubst du dir!«

»Borschtsch ist gesund, in Berlin essen das alle.« Sie senkte die Stimme. »Auch die Deutschen.«

»Du lügst mich an.« Es wäre nicht das erste Mal gewesen.

»Papa, ich schick dir Fotos.«

»Wovon?«

»Von Menschen, die Borschtsch essen.«

Das Gespräch entglitt ihm. Dann roch er die verbrannten Kartoffeln und legte ohne Abschiedsgruß auf.

*

Laut Kalender war inzwischen Donnerstag. Wie viele Donnerstage hatte er bereits verpasst? Hanne hatte bei seinem Besuch im *Goldenen Hirsch* gar nicht erwähnt, dass sie ihn beim jüngsten Bowlingabend nicht gesehen hatte. Warum hätte sie auch auf seine Anwesenheit achten sollen. Vielleicht trafen sich die Männer inzwischen woanders oder zu einer anderen

Zeit. Vielleicht spielten sie neuerdings Skat zu dritt. Er war ja einfach kommentarlos weggeblieben.

Herr Schmidt hatte nichts zu verbergen, er ging einfach hin. Barbara hatte nichts dagegen, sie schlief, als er sie fragte, ob er gehen sollte. Er hatte sie, bevor sie sich für anscheinend längere Zeit ins Bett gelegt hatte, jeden Donnerstag gefragt, ob er zum Bowling gehen sollte. Sie hatte kein einziges Mal protestiert. Meist ärgerte sie sich sogar über die Frage: »Jetzt geh endlich. Als ob du plötzlich meine Meinung brauchst.«

»Also soll ich nicht gehen?«

»Geh!«

Früher hatte er sich gewünscht, dass sie ihn im Gegenzug einmal fragte, ob sie zum Yoga gehen dürfe. Er hätte es ihr schon nicht verboten, aber es wäre nett gewesen, gefragt zu werden. Jetzt hätte er vieles dafür gegeben, dass sie einfach irgendwohin ging.

Er hatte einige Atemzüge gebraucht, die Hand an der Klinke, bis er die Tür zum *Goldenen Hirsch* aufgestoßen hatte. Das Stimmengewirr, das Gedudel aus dem Radio, der Zigarettenrauch in den Vorhängen, alles war wie immer. Er ging über den langen, schmalen Flur zur Bowlingbahn, grüßte nickend Bernd, der am Tresen stand. Hanne war nicht zu sehen, er wollte auch nicht nach ihr fragen.

Die Männer saßen am üblichen Tisch neben Bahn

Nummer 4. John, der mit dem Gesicht zur Tür saß, sah Herrn Schmidt sofort und nickte. Klaus rückte ein wenig zur Seite, um Herrn Schmidt Platz zu machen, mehr eine Begrüßungsgeste als Notwendigkeit, Platz war genug da. Kurze Hallos wurden ausgetauscht, Herrn Schmidt wurde leichter ums Herz. Aber nur so lange, bis Günther über sein Bier hinweglangte und Herrn Schmidt auf die Schulter klopfte.

»Was?«, fragte Herr Schmidt.

»Hältst die Ohren steif?«

»Muss ja.«

»Eben.«

Bernd erschien mit missmutiger Miene, ein Handtuch über der Schulter, und nahm Herrn Schmidts Bestellung auf.

»Willst einen Welpen?«, fragte Klaus, als Herr Schmidt die ersten Schlucke Apfelwein getrunken hatte.

»Wie? Ist was unterwegs?«

Klaus nickte stolz und würdevoll.

»Die Lady etwa? Das alte Mädchen?«

»So alt auch wieder nicht.«

»Und wer ist der Vater?«

»Einer aus dem Taunus.«

»Helmut hat sie ja nicht rangelassen«, sagte Herr Schmidt, die Kränkung kam sofort wieder hoch.

»Auch sonst keinen. Ist der Erste nach zwei Jahren.

Stattlich. Schau.« Klaus langte in die Tasche und zeigte Herrn Schmidt ein Foto auf dem Telefon.

»Ist das ein richtiger Schäferhund? Mit Stammbaum?« Der Rüde war im Vergleich zu Helmut regelrecht mickrig.

Klaus strich über den Bildschirm und zeigte Herrn Schmidt mindestens fünf Fotos sich paarender Hunde.

»Warum hast du das alles fotografiert?«

»Dokumentation. Siehst du, wie die beiden sich verstehen? Lady ist wählerisch.«

»Ich frag Barbara wegen dem Welpen«, sagte Herr Schmidt. Es war kompletter Unsinn: Er hätte im Leben nicht dran gedacht, einen Welpen der Lady zu nehmen, solang Helmut nicht der Vater war. Dann vielleicht schon, aber so nicht. Eigentlich wollte er auch keinen neuen Hund und Barbara erst recht nicht, es hätte überhaupt keinen Sinn gehabt, sie zu fragen.

Hätte er bloß ihren Namen nicht erwähnt.

Die Männer schauten synchron in ihre Gläser und dann wieder hoch, an Herrn Schmidt vorbei.

»Mach das«, sagte Günther heiser. »Frag sie ruhig. Spielen wir heute noch? Was macht deine Schulter, John?«

*

Er hätte es nicht getan, hätte Medinski es nicht von allein erwähnt. Eigentlich war es nur ein Video, das sich um Sauerkraut drehte und das Herrn Schmidt nur am Rande interessierte. Dann aber sprach Medinski das verhasste Wort aus, trotz seines polnischen Nachnamens auf die angenehm deutsche Art, nicht auf Barbaras, die aus tausend Konsonanten einen einzigen machte. Unten im Bild wurde ein weiteres Rechteck eingeblendet, zusätzlich deutete Medinski mit dem Finger auf eine Fläche links von seinem Kopf, auf der jetzt ebenfalls etwas aufleuchtete. Herr Schmidt hasste das hektische Blinken. Er klickte hier und da und landete bei einem Gulasch, das nicht einmal von Medinski, sondern von einer schwäbelnden Hausfrau nach Medinskis Rezept zubereitet wurde, eine Zumutung, weil sie ausführlich erklärte, was sie von Medinskis Zutatenliste wegließ und was sie stattdessen hinzufügte, als dürfte hier jeder machen, was er wollte. Herr Schmidt bemühte sich, zu Medinski zurückzufinden, was ihm nach einer halben Stunde auch gelang. Er hatte dafür zwar zwischendurch den Computer ausschalten müssen, aber das Einschalten klappte inzwischen fast wie von selbst. Zum Glück war Medinski nun wieder, wo er sein sollte.

Wieder fand Herr Schmidt eine leere Zeile und schrieb rein: *Hab vorhin nicht ganz kapiert, was ist jetzt mit dem Borschtsch?*

Er war die Reaktionen schon gewohnt. Manche wussten bereits, dass er trotz Barbaras Namen ein Mann war, und nannten ihn *Mr. Barbara.* Ihm war klar, dass er einen zwiespältigen Eindruck hinterließ, doch der Spott ließ ihn kalt. Nur gelegentlich unternahm er den Versuch, sich zu erklären. Anfangs hatte er noch jedem Witzbold persönlich geschrieben, dass er nicht Barbara sei und dass Barbara gerade krank im Bett liege, wobei er sich je nach Situation korrigierte: im Liegestuhl im Garten, wegen der frischen Luft. Er wollte dabei nicht verzweifelt klingen. Mitleid konnte er noch weniger gebrauchen als blöde Späße auf seine Kosten.

Unter seinem Satz häuften sich sofort die Kommentare, als hätten die Leute nur auf sein Stichwort gewartet. Ein halbes Dutzend Klugscheißer verwies auf die jeweils eigenen Rezepte. In einer kleinen Untergruppe entbrannte eine heftige Diskussion darüber, ob man für das von Herrn Schmidt verlangte Gericht frischen Weißkohl, Sauerkraut oder Sauerkrautsaft zu verwenden habe. Herr Schmidt schaltete sich ein: *Das ist doch gar nicht die Frage. Was soll ich jetzt tun?*

Ein Kommentator rief nach Medinski, schließlich sei dies seine Seite und er melde sich doch immer richtend zu Wort, wenn Meinungsverschiedenheiten auszuufern drohten. Ein anderer entgegnete, Medinski habe bestimmt die Nase voll von all den Trollen und lese gar nicht mehr mit, die Seite würde sicher von einem Praktikanten für einen Hungerlohn gepflegt.

Herr Schmidt seufzte. Er war trotz all der Worte

nicht schlauer geworden. Da öffnete sich am rechten unteren Bildrand plötzlich ein Kästchen, und eine Person, die sich als Lydia vorstellte, schrieb: *Barbaras Mann? Ich kann Ihnen das beste Rezept der Welt verraten.*

Ist mir zu hektisch hier, tippte Herr Schmidt mit seinem rechten Zeigefinger ins Kästchen. *Ist mir zu wild. Kann ich Sie anrufen?* Und war überrascht, als unter seiner Frage, kaum gestellt, eine Nummernreihe auftauchte.

Er ging zum Telefon, bevor er noch länger über den Unsinn der Aktion nachdenken konnte. Sebastian hatte wohl recht, ein tragbarer Hörer wäre ein Gewinn, wenn man zum Beispiel gerade in der Küche arbeitete und dringend telefonieren musste. So aber wurden ihm bereits nach drei Minuten die Beine steif, während Lydia, die nach einem einzigen Läuten schon abgenommen hatte, ohne Punkt und Komma auf ihn einredete. Irgendwas an ihrem Akzent erinnerte ihn an den von Barbara, obwohl Barbara gar keinen mehr hatte, dafür hätte er seine Hand ins Feuer gelegt. Während er wenig sagte, schrie Lydia, permanent an Lautstärke zulegend, ihm das Familienrezept des verdammten blutroten Eintopfs ins Ohr. Wahrscheinlich konnten auch ihre Nachbarn mitschreiben.

»Ruhe«, sagte Herr Schmidt mitten in ihre Ausführungen hinein. Er legte den Hörer ab und holte sich einen Stuhl. »So. Jetzt weiterreden.«

Irgendwann musste er Lydia wieder unterbrechen: Er brauchte genaue Angaben. Es machte ihn ganz konfus, wenn sie bei Zutaten von *daumengroß* sprach und von *halben Gläsern,* ohne zuvor festgelegt zu haben, um wessen Daumen und welche Gläser es sich genau handelte. Durch gezielte Nachfragen gelang es Herrn Schmidt, sie zu mehr Präzision anzuleiten. Sie nannte sogar konkrete Lebensmittelfirmen, welche die in ihren Augen am besten geeigneten Dosentomaten führten. Die Liste der Zutaten wurde lang und länger.

»Borschtsch ist nichts für Anfänger«, sagte Lydia.

»Ich bin ein Anfänger«, sagte Herr Schmidt.

Sie lachte so schrill, dass er an ihrer Zurechnungsfähigkeit zweifelte.

Als Herr Schmidt das Gefühl hatte, das gesamte Rezept notiert zu haben, wollte er sich verabschieden. Er wartete auf eine Gelegenheit, eine Atempause, eine Lücke zwischen den Wörtern. Doch Lydia redete ohne Punkt und Komma. Das war das Problem mit Gesprächen, man fand einfach nicht wieder heraus. Lydia hatte inzwischen das Thema gewechselt und erkundigte sich nach Barbaras Befinden, worauf Herr Schmidt nicht weiter einging. Plötzlich fanden sie sich in einer Diskussion über Gebirge, Flüsse, Breiten- und Längengrade wieder.

»Sie sind auch einer von uns!«, sagte Lydia, als wäre das eine gute Nachricht, und Herr Schmidt widersprach vehement.

»Aber ich höre es doch an Ihrem Akzent!«, beharrte Lydia.

Sie wurde ihm schlagartig unsympathisch. Er murmelte einen Abschiedsgruß und legte auf.

*

Als er ein paar Tage später – die Einkaufsliste in der einen, einen Knubbel Rote Bete in der anderen Hand – im Supermarkt stand, wurde er von Amann Peter angesprochen. Peter war ein redseliger Mensch, dessen Gesicht stets zu einem leicht asymmetrischen Lächeln verzogen schien. Herr Schmidt musste bei dem Anblick immer an chronische Schmerzen denken. Peters Haar lag, ähnlich wie bei Maschke, nach der letzten Mode seitlich über die Glatze gekämmt. Herr Schmidt, der sich nicht zu den Eitlen zählte, dachte jedes Mal mit Genugtuung an sein eigenes volles Haar, das er zweimal täglich beim Zähneputzen im Badezimmerspiegel sah. Haare und Zähne, das konnte ihm keiner nehmen. Daran erkannte man gute Gene.

»Kochst für Barbara, gell?«, fragte Peter, der seinerseits eine Herrn Schmidt nicht weiter bekannte blassgelbe Wurzel in der Hand hielt. »Hätte ich nie gedacht von dir, also ehrlich.«

Herr Schmidt konnte es nicht fassen, dass auch diese Nachricht anscheinend schon die Runde im Ort gemacht hatte. Als hätten die Leute nichts Wichtigeres zu tun. Er wünschte sich inbrünstig, Peter würde gar nicht erst weiter nach Barbara fragen.

»Wie fühlt sie sich?«, fragte Peter mit dramatisch gesenkter Stimme.

Herr Schmidt spürte die inzwischen vertraute Leere hinter dem Brustbein. Wahrscheinlich hätte er es umgekehrt genauso gemacht. Würde Peters Frau Annemarie das Bett nicht mehr verlassen, hätte er sich als Mensch mit Erziehung natürlich ebenfalls nach ihrem Befinden erkundigen müssen, auch wenn ihn nichts weniger interessiert hätte. Annemarie war Barbaras Freundin, und sie sahen sich ab und an zu viert. Zum Glück nicht allzu oft: Annemarie war im Gegensatz zu Barbara ihr Leben lang außerhäuslich beschäftigt gewesen, als Assistentin einer Geschäftsleitung. Sie hatte gelb gefärbte Haare, die sie wie ein junges Mädchen lang und glatt trug und die ihr sehr gebräuntes Gesicht noch dunkler erscheinen ließen. Herr Schmidt meinte stets zu sehen, wie etwas von ihren Lidern und Wangen rieselte, wenn sie zu laut lachte. Kinder hatten die beiden natürlich keine.

»Also, wie geht's Barbara?« Peter zielte mit der Spitze der Wurzel auf Herrn Schmidts Brust.

»Na ja«, sagte Herr Schmidt.

»Wird nicht besser, gell?« Warum fragte Peter überhaupt, wenn er schon alles wusste.

»Kann man so sagen.«

»Annemarie macht sich Sorgen, redet von nichts anderem.«

»Unnötig.«

»Wir kommen am Sonntag mal vorbei.«

»Was?« Die Rote Bete rutschte Herrn Schmidt aus den Händen. »Wo?«

»Bei euch. Du freust dich ja gewaltig.« Peter grinste noch breiter. Das taten er und Annemarie gern, wenn sie sich zu viert im Biergarten trafen: sich über Herrn Schmidt lustig machen, weil er in ihren Augen erstens von gestern und zweitens schwer von Begriff war. »Sonntag um drei.«

»Ich weiß nicht«, sagte Herr Schmidt. »Ich frag mal Barbara.«

»Mach das.« Peter winkte mit der Wurzel und ging in Richtung Weinregal.

Die Kocherei dauerte Stunden. Die Zutaten bedeckten die ganze Arbeitsfläche, einige waren bereits heruntergefallen. Herr Schmidt kam nicht dazu, sie aufzuheben. Beim Durchlesen von Lydias Anweisungen stellte er fest, dass noch immer wichtige Angaben fehlten. Er wollte erst an den Computer, um Medinski und seine Vasallen zu fragen. Doch wahrscheinlich wäre Lydia beleidigt, wenn er seine Fragen zu ihrem

Rezept in der großen Runde stellte. Musste es ihn überhaupt interessieren? Bei Barbara hatte ihn so etwas nie beschäftigt, andererseits war Barbara auch nie beleidigt gewesen, jedenfalls soweit er es mitbekommen hatte. Sie war einfach nicht der beleidigte Typ. Er wischte die von der Roten Bete verfärbten Fingerkuppen an der Schürze ab und ging zum Telefon.

Zum Glück hatte er die Nummer gewählt, bevor er darüber nachdenken konnte, was wohl ihr Mann sagen würde, wenn er den Hörer abnehmen sollte. Herrn Schmidt würde einiges einfallen, wenn ein Fremder plötzlich am Telefon nach Barbara fragen würde.

Lydia meldete sich sofort. Er erkannte ihren Akzent.

»Lydia? Hier ist Schmidt Walter. Ich habe eine Frage.«

Sie schien regelrecht glücklich, seine Stimme zu hören. Er unterbrach ihre Freudebekundungen und befragte sie zur richtigen Reihenfolge – die Kartoffeln vor dem Sauerkraut ins Kochwasser oder umgekehrt? – und verlangte nach einer präzisen Zeitangabe.

»Ach, Walter, Sie sind so typisch Mann, ich hab das doch nie nachgemessen.«

»Typisch Mann? Was soll ich denn auch sonst sein?«

»Sie merken doch, wenn die Kartoffeln weich sind.«

»Indem ich in sie reinsteche«, erinnerte sich Herr Schmidt.

»Zum Beispiel.«

»Kann ich später noch mal anrufen?«

»Natürlich. Haben Sie keine Fragen mehr?«

»Im Moment nicht.«

»Geht's Barbara eigentlich besser?«

»Ja.«

»Wie schön.« Ihre Stimme klang enttäuscht.

Er kehrte zum Schlachtfeld zurück und fühlte sich wie ein kleiner Junge. Seit er erwachsen war und Familie hatte, hatte er darauf geachtet, sich nicht zum Affen zu machen. Wenn er was beherrschte, dann meisterhaft, wenn nicht, überließ er es anderen. Jetzt fühlte er sich plötzlich wieder wie in der Schule, vor dem Französischvokabeltest. Er war auch als Kind nicht dumm gewesen, hatte vieles gut gekonnt: rechnen, genau zeichnen, Dinge zusammensetzen. Doch Französisch hatte ihn kalt erwischt und wie einen Deppen dastehen lassen. Er hätte wohl regelmäßig sein Heft zerrissen, wäre Papier nicht so wertvoll gewesen. Außerdem war Auffallen damals strengstens verboten: Sie waren Zugezogene, die Mutter musste kämpfen. Reichte schon, dass die anderen sich über seine Aussprache lustig machten. Dabei sprach er genauso wie seine Oma, und die hatte immer recht.

Ihm war danach, das ganze Gemüse aus dem Fenster zu schmeißen, nicht auf den Kompost, der ordentlich und frisch aussah und duftete, wie es sich für einen guten Kompost gehörte, sondern auf die Straße. Sollte Mendel doch gucken, sollten die Anwohner mit ihren Autos die Petersilienwurzel platt fahren.

Aber die Lebensmittel waren unschuldig, sie konnten nichts dafür, dass Barbara im Bett lag. Herr Schmidt schaute wieder auf die Liste, dann auf die geschälte Bete, unter deren dicker Haut, freigelegt mit dem Küchenmesser, eine wundersame Maserung zum Vorschein gekommen war. Nie hätte Herr Schmidt gedacht, dass Gemüse so edle Muster haben konnte. Er suchte acht Minuten lang eine Reibe und legte los.

Um Mitternacht setzte sich Herr Schmidt noch einmal an den Computer, nachdem er den Herd unter der blubbernden blutroten Brühe abgeschaltet hatte. Er war zu aufgeregt, um sich ins Bett zu legen oder vor den Fernseher zu setzen. Die violett verfärbten Fingerkuppen, die er trotz intensiven Waschens nicht ganz sauber bekommen hatte, zitterten auf der Tastatur, und die freie Zeile auf Medinskis Seite füllte sich mit unkontrolliertem Stottern. Herr Schmidt versuchte, die entglittenen Buchstaben zu löschen, doch es ging nicht, soschr er es auch versuchte. Er rechnete mit sofortigem Spott, doch stattdessen häuften sich unter seinem Kommentar besorgte Fragen.

Barbara, bist du das?

Zu tief ins Glas geschaut?

Mach keinen Scheiß, Barbara, sonst komm ich vorbei.

Sofort öffnete sich das kleine Fenster, und auch Lydia erkundigte sich nach seinem Befinden, als hätte sie nur darauf gewartet und als würde sie über den Computer direkt in Herrn Schmidts Seele spähen.

Die blöde Suppe funktioniert nicht, tippte Herr Schmidt ein. *So viel Zeit verloren, für nichts. Was das ganze Gemüse gekostet hat.* Er hatte sich wegen Barbara zum Affen gemacht, im Supermarkt, in der Küche, und jetzt stand da ein Topf auf dem Herd, dessen Inhalt er nicht einmal dem Hund geben würde. Er hatte es Lydia persönlich sagen wollen, musste sich aber im Kästchen vertan haben. Es regnete Antworten von Unbekannten.

Warum fängst auch gleich mit so was Schwierigem an, Barbara?

Was hast du falsch gemacht? Poste mal das Rezept.

Am Rezept lag es nicht, versuchte Herr Schmidt Lydias Ehre zu retten. *Das alles ist einfach keine Beschäftigung für einen Mann. Barbara liegt im Bett, und ich weiß nicht, ob sie wieder aufstehen wird, sie will nicht zum Arzt, sie will nichts essen. Ich schufte wie eine Küchenmagd, und alles für die Katz.*

Lydia fragte in ihrem Kästchen, ob sie vorbeikommen solle, sie wohne nicht so weit entfernt und könne sowieso nicht schlafen.

Ich hab Ihnen die Adresse doch gar nicht gesagt, schrieb Herr Schmidt misstrauisch, diesmal zum Glück an die richtige Stelle. Lydia antwortete, sie habe sein Dorf anhand der Festnetzvorwahl zuordnen können.

Es ist kein Dorf, wir haben seit 430 Jahren Stadtrechte!

Auf Medinskis Seite ging es derweil aufgeregt weiter.

Probier es erst mit der Linsensuppe, die hat neulich mein zwölfjähriger Sohn gekocht. Das kriegt wirklich jeder hin!

Uuuund … hier geht's zu Bofrost!

Leute, lasst den alten Mann in Ruhe.

Wer sagt denn, dass er überhaupt alt ist? Wahrscheinlich ist er ein Troll. Wie alt bist du, Mr. Barbara?

Herr Schmidt knallte die Tür des Arbeitszimmers zu, während sie sich im Computer weiter über ihn lustig machten.

*

Kein Wunder, dass er am nächsten Tag verschlief. Er, der immer als Erster wach war, der über alle spottete, die länger schlafen wollten. Sebastian und Karin hatte er, als sie klein waren, auch am Wochenende um

Punkt sieben aus dem Bett geholt – *Morgenstund hat Gold im Mund.*

Herr Schmidt schlug die Augen mit dem diffusen Gefühl auf, etwas Peinliches erlebt zu haben. Sein Versagen vom Vortag, erst noch blass, nahm in der Erinnerung sofort wieder Farbe an. Er klatschte sich gegen die Stirn und stöhnte. Warum hatte er Barbaras sinnlose Bitte bloß erfüllen wollen. Was hätte sie sich als Nächstes gewünscht – dass er strickte oder tanzte? Er spürte Wut, wie er sie seit Wochen nicht mehr gehabt hatte, jedenfalls nicht gegenüber Barbara. Er drehte sich auf die Seite, um ihr alles zu sagen, was ihm auf der Zunge lag, und erstarrte.

Ihre Betthälfte war leer.

Er setzte sich langsam auf, um den aufkommenden Schwindel zu bekämpfen, und zog ihre Bettdecke zur Seite, als könnte Barbara über Nacht geschrumpft sein und sich irgendwo in den Falten des Bettbezugs versteckt haben. Dann tastete er mit den Füßen nach den Hausschuhen. Zuerst sah er im Bad nach. Nicht schon wieder. Für kurze Zeit raste sein Herz. Die Tür war angelehnt, er klopfte an, steckte den Kopf hinein: leer.

»Barbara!«, rief er auf der Treppe. »Barbara!«

»Was schreist du so?« Sie war unten in der Küche.

Herr Schmidt blieb auf der Treppe stehen. Schon wusste er selbst nicht mehr, warum er gebrüllt hatte. Barbara stand am Herd. Von der Tür aus hatte er einen guten Überblick und zwei Gedanken: Erstens, die Küche war gar nicht so groß, wie er immer gedacht hatte, vor allem, wenn man richtig kochen wollte. Es war ihm erst gestern, als ihm die Arbeitsflächen ausgingen, so richtig bewusst geworden. Zweitens, es sah schlimm aus. Er schritt über den fleckigen Fußboden. Schon klebten Zwiebel- und Karottenschalen an den Sohlen der Hausschuhe.

»Was machst du da?«

Barbara hatte den Deckel vom Topf genommen und schnupperte. Herr Schmidt sah über ihre Schulter hinein: Die Pampe hatte inzwischen einen violetten Stich angenommen und starrte aus vielen Fettaugen zurück. Dabei hatte er nicht einmal Fleisch gekocht, weil er keine Ahnung hatte, wie er das auch noch hätte bewerkstelligen sollen. Barbara schöpfte mit einem Löffel ein paar undefinierbare rot gefärbte Brocken heraus und führte sie an die Lippen.

»Lass das!« Er zog ihre Hand weg. »Das kann man nicht essen.«

»Lass mich.« Sie füllte den Löffel, dessen Inhalt sich durch Herrn Schmidts Intervention auf den Boden und über ihre beiden Bademäntel verteilt hatte, erneut und führte ihn abermals zum Mund. Probierte. Doch anstatt das Gesicht zu verziehen, tunkte sie den Löffel erneut ein.

»Jetzt hör schon auf«, knurrte Herr Schmidt.

»Was stellst du dich so an? Es ist gar nicht übel. Hast du gesalzen?«

»Was hätte ich sonst noch alles machen sollen?«

Barbara schüttete sich etwas Salz aus einem Streuer in die hohle Hand und warf es schwungvoll in die Suppe, als würde sie Korn aussähen. Sie verrührte und probierte erneut.

»Mmmh«, murmelte sie.

»Wir geben es den Schweinen«, sagte er. »Erinnerst du dich, ich wollte früher mal ein Hausschwein. Zum Mästen und selber Schlachten.«

Sie lächelte unbestimmt, nahm sich einen Teller und setzte sich an den Küchentisch, nachdem sie einige von ihm am Vortag benutzte Utensilien mit dem Ellbogen beiseitegeschoben hatte. Herr Schmidt sah ihr so angespannt zu, dass ihm schon die Augen wehtaten. Sie aß langsam, aber unerbittlich, wie eine Schwerarbeiterin. Was hätte er vor Tagen noch für diesen Anblick gegeben. Aber sie tat einfach nie, was sie sollte und vor allem wann sie sollte. Trotzig war sie. Als sie fertig war, schob sie den Teller von sich, lehnte sich zurück und schloss die Augen. Jetzt hab ich sie vergiftet, dachte Herr Schmidt. Jetzt fällt sie mir tot vom Stuhl, da hab ich den Salat.

»Soll ich dich wieder nach oben bringen?«, fragte er. »Willst du ins Bett?«

Barbara öffnete die Augen. »Bin ich dir im Weg?«

»Kaum bist du auf den Beinen, schon redest du wieder Unsinn.«

Er ließ sie sitzen, um kurz auf die Toilette zu gehen. Als er zurückkam, stand Barbara in ihrem rosa bekleckerten Bademantel mitten in der Küche und versuchte, eine Pfanne zu schrubben.

»Was machst du da?«, brüllte Herr Schmidt.

»Schrei nicht.« Sie wankte.

Herr Schmidt rang mit sich selbst. Tatsächlich wünschte sich ein Teil von ihm nichts sehnlicher, als Barbara einfach machen zu lassen. Er könnte Helmut zur täglichen Morgenrunde mitnehmen, danach den Müll rausbringen, und die Küche wäre wie früher, als er sie nur betreten musste, um seine Mahlzeiten einzunehmen. Doch der andere Teil wusste, dass dieser Plan nicht aufgehen würde, jedenfalls heute nicht. Herr Schmidt nahm Barbara am Ellbogen und zog ihr mit der freien Hand den Spülschwamm aus den zitternden Fingern. »Ich bring dich wieder in den Garten. Du könntest dort was stricken.« Sie sperrte sich halbherzig. Sein Herz zog sich zusammen. Sie konnte richtig stur sein, wer wusste es besser als er. Aber das hier war gar nichts. Er schob sie hinaus, Liegestuhl und Decke waren noch da, er hatte vergessen, sie wegzuräumen. Ein Glück, dass es nicht geregnet hatte.

»Der Borschtsch war das Beste überhaupt, Walter.«

»Red keinen Unsinn. Leg dich hin.«

Sie sackte auf dem Stuhl zusammen. Er breitete die Decke über sie, bedeckte sie von den Füßen bis zum Hals, damit sie nicht fror.

»Wo ist dein Strickzeug? Ich bring es dir.«

»Später vielleicht.« Sie schloss die Augen, als hätte sie Kartoffelsäcke geschleppt.

*

Über die nächsten Tage breitete sich fast so etwas wie Zufriedenheit in Herrn Schmidt aus. Doch am Samstag erinnerte er sich daran, dass Peter und Annemarie zum Kaffee vorbeikommen wollten. Eigentlich hatte er es gar nicht vergessen, der vereinbarte Termin saß ihm wie ein Stachel im Gedächtnis, obwohl er ihn sich extra nirgends notiert hatte. Sie hatten einen Terminkalender an der Wand, in den Barbara die Geburtstage von Kindern und irgendwelchen anderen Leuten sowie ihre Friseurtermine eintrug.

Er musste absagen, doch so gründlich er die Schublade im Telefontisch auch absuchte, nirgends war die Nummer der beiden zu finden. Er musste also Barbara fragen, schon ahnend, dass sie keine Hilfe sein würde.

»Warum willst du denn absagen? Ist doch nett, wenn sie vorbeikommen.«

»Guck dich an«, sagte Herr Schmidt, um einen friedfertigen Tonfall bemüht.

»Seh ich so schlimm aus?«

»Du bist schwach.«

»Ich bin gar nicht so schwach.«

»Das sieht aber anders aus.«

»Ich würde mich freuen, sie zu sehen.«

»Die strengen dich nur an. Die reden ununterbrochen. Außerdem gibt es keinen Kuchen.«

»Auch nicht in der Tiefkühltruhe?«

Er musste nachschauen. Die Truhe war inzwischen deutlich leerer als noch vor wenigen Wochen, als hätte er sich nicht um Kopf und Kragen gekocht, um Barbara zu versorgen, sondern sich einfach nur daraus bedient. Vielleicht hatte Sebastian doch noch heimlich was mitgenommen. Herr Schmidt drehte verschweißte, mit Eiskristallen überzogene Päckchen in den Händen. Dann nahm er Helmut an die Leine und steuerte die Bäckerei an.

Das dicke Mädchen saß Kaugummi kauend neben der Kasse und starrte auf ihr Handy. Ihr Haar war neuerdings blau gefärbt. Er erkannte sie trotzdem sofort, so dick war keine Zweite.

»Hallo«, murmelte sie, ohne den Blick vom Bildschirm zu lösen. »Ist fast alles aus, oder was wollen Sie?«

Mit dem Kaugummi war sie schwer zu verstehen, doch Herr Schmidt war stolz drauf, dass er diesmal nicht, wie bei anderen jungen Leuten, nachfragen musste. Sie hatte diese heisere Stimme, als hätte sie rumgeschrien oder sich eine Erkältung eingefangen.

»Ich brauch Kuchen.«

Das Mädchen steckte das Handy mit einem Seufzer in die Kitteltasche und beäugte die Vitrine. »Sorry, ist nicht so die Bombenauswahl.«

Herr Schmidt neigte den Kopf. Er hätte nicht gedacht, dass Kuchen kaufen noch schwerer war als welchen aufzutauen. In der Vitrine stand noch ein Viertel einer mehrschichtigen Schokotorte, bei deren Anblick er plötzlich genau spürte, wo seine Leber saß. Er schüttelte den Kopf. Daneben lagen zwei Stücke, die nach Käsekuchen mit Mandarinenspalten aussahen. Herr Schmidt wusste Käsekuchen durchaus zu schätzen, verabscheute jedoch Mandarinen. Er zeigte auf den dritten Kuchen, der zwar die Farbe von Schlamm hatte, aber eine etwas festere Konsistenz.

»Was soll das hier sein?«

»Das ist Vollkorn.«

»Habt ihr keinen normalen Kuchen?«

»Nee«, sagte das Mädchen und machte eine Kaugummiblase. »Der normale ist schon weg.«

»Wir kriegen aber Besuch.«

Sie sah ihn an und schien auf etwas zu warten.

»Ich brauch Kuchen. Ich kann nicht immer welchen auftauen.«

Sie runzelte die Stirn. »Welcher soll es denn sein?«

»Ein einfacher. Sand oder Marmor.« Für einen Moment glaubte Herr Schmidt tatsächlich, dass sie einfach mit zu ihm nach Hause kommen und ihm einen Kuchen backen würde. Er würde ihr auch Geld dafür geben. Wie teuer konnte ein Kuchen schon sein? Er sah auf die Schilder in der Auslage. Er hatte keine Ahnung, wie viel Geld sie durch Barbaras Selberbacken bereits gespart hatten.

»Das ist doch supereinfach. Das können Sie selber machen.«

Herr Schmidt sah sie an. Sie starrte zurück, hörte sogar auf zu kauen. »So 'n Kuchen ist kaum schwerer als Kaffeekochen, ehrlich.«

»Red keinen Unsinn.«

»Soll ich Ihnen die Zutaten aufschreiben?«

»Das bringt nichts.«

»Nee, ernsthaft. Sie mischen einfach alles zusammen, richtig gut verrühren, in eine Kuchenform rein, Dreiviertelstunde bei 180 Grad.«

»Eine Dreiviertelstunde?«

»Also, kommt natürlich auf die Backform an.«

Herr Schmidt hatte sich schon gedacht, dass es kompliziert werden würde. Immer kam es auf irgendwas an.

»Was für eine Backform haben Sie?«

»Keine Ahnung. Meine Frau hat viele.«

»Nehmen Sie die Kastenform. Das klebt dann nicht so. Fünfzig Minuten.«

»Gerade hast du noch gesagt, eine Dreiviertelstunde.«

»Das wäre halt für eine Springform. Und Sie nehmen ja die Kastenform.« Sie holte einen Stift aus der Kitteltasche und riss ein Blatt vom Notizblock, der neben der Kasse lag. Sie war auf einmal richtig beharrlich. Kein junger Mensch hatte jemals so lange mit ihm gesprochen.

Die Verkäuferin reichte ihm den vollgeschriebenen Zettel. Sie hatte eine überraschend ordentliche Schrift mit runden Mädchenbuchstaben.

»Was ist mit deinen Haaren passiert?« Herr Schmidt faltete das Blatt zweimal und steckte es sich in die Brusttasche.

»Wonach sieht's denn aus?«

»Kein Mensch hat blaue Haare.«

»Ich bin ein Alien. Ich gehör nicht hierher.«

Herr Schmidt wusste nicht, was man darauf antworten sollte. Das Mädchen schaute ihn an, vermutlich auf eine Reaktion wartend, doch er zuckte nur mit den Schultern. »Die Leute werden dich für gestört halten.«

»Tun sie sowieso.«

Er nickte zustimmend und kontrollierte, ob sich der Zettel noch in der Brusttasche befand. Erst als er zu Hause war, kam ihm der Gedanke, dass er vielleicht ein Brötchen hätte kaufen sollen. Sie hatte schon wieder so viel Wissen mit ihm geteilt und keinen Cent dabei verdient.

Herr Schmidt merkte, dass Barbara es neuerdings vermied, die Küche zu betreten. Selbst wenn sie die Kraft hatte, sich im Garten auf den Liegestuhl zu legen, machte sie einen Bogen um den Raum, in dem sie bislang so oft gewesen war wie in keinem anderen. Sie wollte auch nur noch ungern in der Küche essen, sodass Herr Schmidt ihre Teller ab sofort ins Wohnzimmer oder in den Garten tragen musste, ein unnötiger Aufwand, ein doppelter zudem, schließlich mussten die kaum angetasteten Teller auch wieder zurück in die Küche. Unterwegs wurde schon mal was verschüttet. Aber Barbara schien in ihrer plötzlichen Abneigung der Küche gegenüber unerbittlich. Bei aller Irritation meinte Herr Schmidt zu verstehen, was sie dabei fühlte. Früher war es ihm genauso ergangen. Wenn sie in der Küche beschäftigt war, wäre er nie auf die Idee gekommen, sich einfach mitten hineinzusetzen. Es hatte ihr damals nicht gefallen, wenn er irgendetwas in die Hand nahm und dann woanders hinlegte. Sie hatte ihre eigene Ordnung. Peter und Annemarie hatten ihn immer aufgezogen, weil er Barbara nicht einmal beim Abräumen half. Das aber hatte nicht an seiner Faulheit gelegen – was war schon so schwer daran, ein paar Löffel von einem Ort zum anderen zu tragen? –, sondern daran, dass er es Barbara nie hatte recht machen können. Selbst vom Einräumen der Spülmaschine hatte sie eine genaue

Vorstellung, er brauchte es gar nicht zu versuchen, sie hätte sofort alles umsortiert.

*

Sonntagfrüh holte er den Sandkuchen aus dem Backofen und sah sich ratlos um. Es gab keinen freien Platz, wo er die heiße Kastenform hätte abstellen können. Er schob den Kuchen zurück in den Backofen, nahm eine Plastiktüte aus der Schublade und schaufelte alles, was herumlag, hinein. Schon war wieder Platz. Doch jetzt störte ihn die volle Tüte, er fischte die Eierschalen wieder heraus, um sie in den kleinen Eimer für den Kompost zu werfen, allerdings war der schon voll, und beim Öffnen stob ein Schwarm winziger Fruchtfliegen auf. So früh waren sie noch nie dran gewesen.

Herr Schmidt klappte den Eimer zu und trug ihn hinaus. Er musste an Barbara vorbei, die in ihrem Liegestuhl lag und die Augen geschlossen hielt. Er leerte den Eimer über dem Kompost aus, die gammeligen Kartoffel- und Karottenschalen, Eierschalen – woher kamen diese Massen auf einmal? –, die verformten Kaffeefilter mit dem getrockneten Kaffeesatz. Auch hier kam ihm eine Fliegenwolke entgegen, Herr Schmidt meinte, die Viecher vor Freude juchzen zu hören. Seitlich ragten bereits zarte Pflänzchen aus dem Kompost, überall gab es Leben, und die untere Schicht bestand aus wertvollem Mutterboden. Wenn

Barbara damit die Tomatenbeete auffüllte, wuchsen die Dinger so gut, dass selbst die Italiener neidisch wurden.

Herr Schmidt kehrte in die Küche zurück, nahm einen Lappen, wischte über die Arbeitsfläche. Jetzt war endlich Platz für den Kuchen. Er beäugte ihn kritisch. Der Sandkuchen sah tatsächlich aus wie ein Sandkuchen, er war fest und gelb. Hier und da hatte sich die oberste Kuchenschicht wie ein loser Hautfetzen gelöst und war in der Form kleben geblieben. Herr Schmidt kratzte sie ab und leckte sich anschließend die Fingerkuppe. Es schmeckte süß. Etwas fehlte noch. Herr Schmidt schaute durch das Fenster in den Garten. Wie einfach es wäre, Barbara zu fragen. Stattdessen aber ging er zum Telefon und wählte Lydias Nummer. Sie ging wie stets sofort ran.

»Hier Schmidt Walter.«

»Hab ich mir schon gedacht.«

»Sitzen Sie die ganze Zeit neben dem Telefon?«

»Nein.« Sie lachte herzlich. »Ich trag es mit mir herum.«

»Ich habe eine Frage. Was tut man auf den Sandkuchen, damit er gut aussieht?«

»Zitronenglasur. Puderzucker mit paar Tropfen Zitronensaft verrühren …«

»Zu kompliziert«, unterbrach er sie.

»Dann einfach Puderzucker. Sie kennen Puderzucker?«

»Ich bin nicht blöd. Das Ganze sieht dann aus wie Schnee, oder?«

»Ich weiß nicht«, sagte sie. »Für Schnee wäre mir das zu fein.«

»Passt schon. Wiederhören.« Er legte auf.

Den Puderzucker hatte er neulich in einem der Schränke gesehen, als er Cayennepfeffer gesucht hatte, er war in einer Art länglichen Dose, an der man oben drehen musste. Unter dem Deckel befand sich ein Sieb, und Herr Schmidt erkannte beim Ausprobieren sofort dessen Sinn: Der Puderzucker neigte dazu, Feuchtigkeit anzuziehen und zu verklumpen. Entgegen Lydias Meinung fand er, dass der Sandkuchen nun tatsächlich wie schneebedeckt aussah. In zwei Stunden würden Peter und Annemarie kommen.

»Wie siehst du denn aus?«, fragte Peter, als Herr Schmidt die Tür öffnete.

»Wie immer«, sagte Herr Schmidt.

Peter deutete auf Herrn Schmidts Brust, Annemarie trat einen Schritt nach vorn und wedelte mit der flachen Hand an seinem Hemd entlang.

»Ist das Koks, Walter?«

»Nein, Puderzucker.«

Annemarie steckte sich die Fingerspitze in den Mund und nickte. Dann umarmte sie Herrn Schmidt und hielt ihn eine Weile fest. Sie hatte viel mehr Körper als Barbara. Herr Schmidt hätte es verstanden, wenn Peter ihm für diese Aktion einen Fausthieb verpasst hätte. Aber der stand nur grinsend da und ließ sein über die Glatze gegeltes Haar glänzen. Er musste zuletzt viel Zeit im Freien verbracht haben, auf der Kopfhaut zeichnete sich schon ein leichter Sonnenbrand ab.

»Wie machst du dich?« Das war wieder Annemarie.

»Was meinst du damit?«

»Wie geht's dir?«

»Wie immer.«

Er führte sie zu Barbara in den Garten, die sich im Liegestuhl aufrichtete. Herr Schmidt erkannte, dass die Gäste Sitzgelegenheiten brauchten. Er brachte zwei Polsterstühle aus dem Haus und schleppte auch noch einen Tapeziertisch aus der Werkstatt heran. Es war viel besser, etwas zu tun zu haben, als blöd und untätig herumzustehen. Peter und Annemarie waren immer noch mit Umarmungen beschäftigt und versicherten Barbara, ohne rot zu werden, dass sie fabelhaft aussehe. Endlich nahmen sie Platz. Herr Schmidt strebte ins Haus zurück.

»Setzt du dich nicht zu uns, Walter?«

»Ich hab noch in der Küche zu tun.«

»Jetzt spiel hier nicht die Hausfrau, wir sind nicht zum Essen gekommen.«

»Walter hat Kuchen gebacken«, sagte Barbara, und ihre blassen Wangen bekamen etwas Farbe.

»Das hat er dir nur erzählt. Ich kann mir schon

denken, wo er den herhat.« Peter zwinkerte ihm zu. Herr Schmidt drehte sich um und ging in die Küche, um sich nicht wieder im Ton zu vergreifen und Barbara damit später zum Weinen zu bringen. Er holte ein Messer aus der Schublade, drehte sich zum Kuchen und fühlte sich verschaukelt. Der Puderzucker war weg. Nur hier und da waren ein paar vereinzelte weiße Punkte zu sehen. Herr Schmidt betastete die Oberfläche mit dem Finger: nichts. Er holte den Zuckerstreuer hervor und erneuerte die Schneeschicht, kochte Kaffee, trug die Kanne und die drei Tassen, die er mit dem Zeigefinger an den Griffen zusammenhielt, in den Garten hinaus. Annemarie und Peter sahen ihn an, als wäre er nackt.

»Liebling, kneif mich mal«, sagte Peter zu Annemarie. Die nahm Tassen und Kaffee entgegen und stellte alles auf den Tapeziertisch. Peter blickte suchend in der Gegend herum.

»Die Milch noch«, sagte Barbara leise.

»Weißt du neuerdings, wo bei euch die Milch steht, Walter?«

»Jetzt hör schon auf!« Annemarie stieß ihren Mann in die Seite.

Herr Schmidt kümmerte sich nicht um die dummen Kommentare, holte, ohne mit der Wimper zu zucken, die Milch und begutachtete erneut den Kuchen. Der Puderzucker war noch da, wenn auch nicht mehr ganz so dicht. Die Feuchtigkeit, wurde ihm nun klar, löste alles auf. Alles nur Chemie. Er bestreute den Kuchen ein weiteres Mal und trug ihn in den Garten. Barbara starrte wortlos auf die Kuchenplatte.

Herr Schmidt schnitt sein Werk vor aller Augen in grobe Stücke, verteilte sie an die Gäste und nahm selbst ein Stück in die Hand. Er betrachtete es von allen Seiten und biss hinein. Der Kuchen war innen ein wenig feucht, aber fein, duftig und nicht zu süß. Herr Schmidt hätte es Barbara nie gesagt, aber dieser Kuchen schmeckte besser als ihrer. Das war der beste Sandkuchen, den er je probiert hatte, und die Mühe der Herstellung war, ganz wie das Mädchen aus der Bäckerei ihm versichert hatte, nicht der Rede wert gewesen: abwiegen, verrühren, fertig. War das den anderen ebenfalls bewusst? Herr Schmidt nahm sich ein zweites Stück und warf einen prüfenden Blick in die Runde. Barbara hatte ihres immer noch auf der Handfläche liegen und sah abwechselnd zwischen Kuchenstück und Herrn Schmidt hin und her. Vielleicht hätte er Teller mitbringen sollen. Andererseits war er jetzt schon oft genug in die Küche gerannt.

»Viel besser als meiner«, sagte Barbara.

»Unsinn.« Seine Wangen prickelten.

»Den hast du nie im Leben selbst gebacken«, sagte Annemarie.

Herr Schmidt zuckte mit den Schultern.

»Er macht jetzt alles selbst«, sagte Barbara. »Und es schmeckt ausgezeichnet.«

Das war nun wieder eine Lüge. Herr Schmidt sah Barbara an, die sich endlich von ihm abgewandt hatte und winzige Bissen von ihrem Kuchenstück nahm. Sie hatte einen zarten Mund und bläuliche Lippen, als wäre sie gerade einem eiskalten See entstiegen. Im Gegensatz zu Annemarie trug sie fast nie Lippenstift. Sie kaute langsam, nachdenklich, ein wenig versonnen.

Herrn Schmidt fiel erstmals auf, dass sie wohlproportionierte Gesichtszüge hatte. Sie waren ziemlich genau so, wie sie sein sollten, nicht zu viel und nicht zu wenig, dabei hatte er beim Heiraten überhaupt nicht darauf geachtet. Wenn er Barbaras Gesicht mit Annemaries verglich, sah man sofort das Zuviel in Annemaries Gesicht, die zu lange Nase, den zu hellen Puder, der an klumpigen Puderzucker erinnerte, den zu grellen Lippenstift und die zu gelben Haare. Er streckte die Hand aus und fasste nach Barbaras Handgelenk. Er konnte es mühelos mit Daumen und Zeigefinger umfassen. Die Tatsache verblüffte ihn.

Erst nach einer Weile merkte er, dass ihn alle anstarrten, Peter, Annemarie, vor allem Barbara, deren flachen Puls er unter seinem Zeigefinger fühlte. Er löste seinen Griff. Auf Peters Gesicht zeigte sich Ratlosigkeit. Annemarie blinzelte, als hätte sie etwas im Auge. Herr Schmidt stand auf.

»Will noch jemand Kuchen? Nein? Ich muss mal kurz in die Küche.«

Er kehrte nicht mehr in den Garten zurück, in der Küche war viel zu tun. Er versuchte, die noch herumliegenden Dinge zurück in die Schränke zu räumen, und warf ab und zu einen Blick durchs Fenster. Dass man so lange reden konnte – und worüber? Was hatte Barbara den beiden zu erzählen, wo sie doch seit einer gefühlten Ewigkeit nur im Bett lag?

Als Peter und Annemarie endlich gingen, klopften sie an die Küchentür, die Herr Schmidt geschlossen hatte, um in Ruhe aufräumen zu können. Annemarie umarmte ihn zum Abschied erneut, während Peter ihm die Hand auf die Schulter legte und einen Versuch machte, Herrn Schmidt lange in die Augen zu schauen, wie Helmut, wenn er ein Leckerli wollte. Herr Schmidt brachte die beiden bis zum Tor. Erst als sie außer Sichtweite waren, atmete er erleichtert aus.

*

Am nächsten Tag sollte es zum Abendessen Brot und Aufschnitt geben. Herr Schmidt kaufte im Supermarkt abgepackte Salami und einen Ring Fleischwurst und sparte sich damit den Wortwechsel an der Fleischtheke. Brot hatten sie noch genug zu Hause, auch wenn es inzwischen vor lauter Kocherei ganz hart geworden war, sie aßen ja fast keins mehr. Er suchte eine halbe Stunde nach den Gewürzgurken und bekam schlechte Laune, als er endlich vor dem Regal stand. Wer brauchte so viele Sorten, Größen, Marken? Barbara servierte die Gurken immer in einem Schälchen, sodass er nicht genau wusste, welche er normalerweise zu essen bekam. Er nahm ein Glas heraus, das ihm vage vertraut vorkam. Auf dem Weg zur Kasse blieb er vor dem Regal mit Süßigkeiten stehen. Neulich hatte er in die geheime Schublade geschaut und festgestellt, dass sie sich ziemlich geleert hatte. Er kaufte die günstigste Tafel Vollmilchschokolade und eine Rolle Doppelkekse. Er konnte ja nicht rund um die Uhr backen.

Als er zurückkam, sah er Sebastians Auto in der Einfahrt. Es hätte längst eine Wäsche vertragen können. Herr Schmidt trug die Einkaufstüte am Wagen vorbei, öffnete die Haustür und lauschte. Barbara war im Garten, der Wind wehte Kinderlachen heran. Herr Schmidt ging in die Küche, packte die Tasche aus, verstaute die süßen Sachen in der Schublade. Erst dann ging er in den Garten. Henry saß auf Barbaras Schoß. Er war gewachsen, sodass Barbara unter ihm kaum noch zu erkennen war. Bei Herrn Schmidts Anblick verstummte er. Sebastian erhob sich, um ihn zu begrüßen. Henry blieb ihm gegenüber wie immer stumm, verbarg nur sein Gesicht an Barbaras Brust, dabei war er schon ein großer Junge, dieses Jahr eingeschult.

»Ich hab Kekse mitgebracht«, sagte Herr Schmidt

zu Henrys Hinterkopf mit den schon ziemlich langen dunklen, krausen Haaren. »Ich hatte keine Ahnung, dass du kommst, aber ich hab trotzdem Kekse mitgebracht.«

»Opa hat für uns Kuchen gebacken«, flüsterte Barbara Henry ins Ohr, und zwar so durchdringend, dass sogar Herr Schmidt es hörte. »Mit ganz viel Zucker und Butter.« Das war zwar rein faktisch Unsinn, aber Herr Schmidt korrigierte sie nicht.

»Habt ihr Hunger?« Da Henry ja sowieso nie mit ihm sprechen wollte, wandte er sich an Sebastian. »Bist ja in den letzten Wochen öfter da gewesen als im ganzen letzten Jahr.«

»Das stimmt nicht.« Sebastian schien schon wieder beleidigt.

»Natürlich stimmt das. Denkst wohl, wir sterben bald.«

Herr Schmidt drehte sich um und ging in die Küche. Einer musste schließlich den Tisch decken. Er schnitt das Brot, arrangierte die Wurstscheiben auf einem großen Teller und fischte die Essiggurken aus dem Glas. Eine fiel herunter, er bückte sich, kam nicht ran. Als er sich wieder aufrichtete, sah er zwei Augen, dunkel wie überreife Süßkirschen, die ihn durch die angelehnte Küchentür beobachteten.

»Komm mal her«, sagte Herr Schmidt. »Heb mal auf.«

Henry näherte sich langsam. Er ging in die Hocke

und fuhr blitzschnell wieder hoch, die Gurke in der flachen Hand. Herr Schmidt klaubte ein paar Hundehaare herunter und steckte sich die Gurke in den Mund. Er hatte die richtige Sorte gekauft, schmeckte wie bei Barbara.

»Hast du Hunger?«

Henry schüttelte den Kopf.

»Warum hast du nie Hunger? Als ich klein war, musste ich immer essen.«

Henry sah zur Seite. Herr Schmidt folgte seinem Blick. Die Aufmerksamkeit des Kindes schien wie gebannt von den Resten des Sandkuchens auf dem Tisch.

»Vor dem Essen kein Kuchen. Weißt du ja.«

Henry nickte, für Herrn Schmidts Geschmack einen Tick zu bereitwillig. Er seufzte und nahm ein großes Messer aus der Schublade, schnitt ein Stück ab und hielt es Henry hin.

»Jetzt nimm schon!«

Die kleine Hand griff nach dem Stück und berührte dabei Herrn Schmidts Finger. Henry stopfte sich den Kuchen in den Mund, Krümel fielen zu Boden, er zuckte zusammen und ging wieder in die Hocke.

»Lass liegen. Helmut holt sie.«

Henry stand wieder auf, hielt sich mit beiden Händen an der Kante der Arbeitsplatte fest.

Herr Schmidt räusperte sich. »Oma kann grad nicht putzen«, erklärte er unnötigerweise.

Henry nickte. »Wird sie nie mehr gesund?«, flüsterte er.

»Unsinn. Wenn sie gut isst, wird sie gesund. Ist doch klar. Oder?«

Henry nickte erneut, in Erwartung weiterer Weisheiten blickte er zu Herrn Schmidt auf.

»Kannst du diese Teller in den Garten tragen, ohne dass sie runterfallen?«

»Ich helfe Mama immer beim Tischdecken.«

Herr Schmidt wollte die Erziehungsmethoden anderer Leute nicht kommentieren, wo er sich gerade so gut mit Henry unterhielt, ausführlich wie noch nie. Vielleicht war der Junge endlich groß genug, dass man mit ihm reden konnte wie mit einem Menschen. Vielleicht würde auch Sebastian irgendwann so weit sein.

»Dann mach mal. Messer brauchen wir auch.«

Sie aßen Wurstbrote auf der Wiese. Herr Schmidt saß am wackligen Tapeziertisch, Sebastian und Henry hatten es sich im Schneidersitz auf einer Picknickdecke bequem gemacht. Barbara, im Liegestuhl, knabberte an ihrer Stulle. Herr Schmidt musste sich zusammenreißen, um sie nicht alle zwei Minuten aufzufordern, anständig reinzubeißen.

»Abendbrot ist eine völlig normale Mahlzeit. Man kann nicht mehrere warme Mahlzeiten am Tag erwarten.«

»Alles in Ordnung, Vater, wir beschweren uns doch gar nicht.«

Henry nahm die Wurst von seinem Brot und aß sie pur, während die gebutterte Brotscheibe einfach auf der Picknickdecke liegen blieb. Herr Schmidt kam nicht dazu, etwas zu sagen, weil ihn Barbara mit ihrem kindischen Essverhalten gerade wahnsinnig machte.

»Barbara!«, rief er schließlich, als sie die Hand mit dem kaum angetasteten Brot sinken ließ. Es war gar nicht laut gewesen, trotzdem zuckte Henry zusammen, ein nervöses Kind, kein Wunder bei den Eltern.

»Was?«, fragte Barbara.

»Nichts.« Er würde es ihr später erklären, ohne Zeugen. »Gib her«, sagte er zu Henry, der nicht gleich kapierte, dass seine liegen gebliebene Brotscheibe gemeint war. Schon im nächsten Moment kreischte der kleine Kerl wie ein Mädchen, weil sich ein paar Ameisen ihren Weg auf die Picknickdecke gebahnt hatten.

»Was brüllst du? Wegen der kleinen Viecher? Das sind Lebewesen, die haben auch Hunger. Was lebt, hat Hunger, so funktioniert die Welt. Wenn man aufhört zu essen, stirbt man. Raupen fressen die Bäume kahl, Schmetterlinge haben nicht einmal richtige Mundwerkzeuge. Was glaubst du, wer länger lebt?«

Herr Schmidt zermalmte Henrys Brotreste mit den Zähnen, die Kruste war schon etwas matschig.

»Du hast Ameisen mitgegessen«, flüsterte Henry.

»Und?«

»Hast du die ganzen Sachen eigentlich selbst eingekauft, Vater?«

Herr Schmidt drehte sich zu Sebastian. »Wieso, hast du was mitgebracht?«

»Ich meine, die Salami ist lecker, wo ist die her?«

»Vom Supermarkt. Hundert Gramm für 2,89 Euro. Willst dir was mitnehmen?«

»Nein, so mein ich das doch gar nicht.«

Nach dem Essen besserte sich Herrn Schmidts Laune schlagartig. Er wusste, was jetzt zu tun war: Er würde den beiden Sandkuchen mitgeben, so wie Barbara früher. Sebastian trug ihm den Brotkorb in die Küche hinterher.

»Ich brauch ein Telefon ohne Kabel«, sagte Herr Schmidt, die Küchenschubladen nach Alufolie absuchend. »Ich kann nicht immer in den Flur rennen, ich hab so viel in der Küche zu tun.«

Sebastian blieb zunächst stumm, als würde der Aussage noch etwas fehlen. Herr Schmidt wiederum wartete, der bedeutungsvollen Pausen und Anspielungen überdrüssig, auf eine Antwort.

»Soll ich es dir jetzt also doch anschließen?«, fragte Sebastian schließlich.

»Was?«

»Ich hab euch doch vor zwei Jahren eins mitgebracht.«

»Unsinn.«

»Ich zeig's dir.«

Sie gingen zusammen in den Keller, an der Speisekammer mit der Gefriertruhe vorbei, in den länglichen Raum, für den Herr Schmidt einst ein paar Regale gebaut hatte. In den Regalen standen abgeschabte Koffer, in denen Barbara nicht deutsche Kinderbücher und anderen nutzlosen Kram aufbewahrte, beschriftete Kisten, Körbe mit Weihnachtsschmuck, irgendwelche Lampen, die alt aussahen, an deren Benutzung sich Herr Schmidt aber nicht erinnern konnte.

Dann waren da noch ein Stapel Spielzeug, eine Kiste voller bunter Bauklötze, große Bilderbücher und einige Päckchen, die in Geschenkpapier eingeschlagen waren. Alles Dinge, für die Henry inzwischen bereits zu groß war. Ein Junge in seinem Alter sollte sich ohnehin lieber daran versuchen, einen Motor zusammenzubauen, mit Batterien und Mechanismen experimentieren, aber wer interessierte sich hier schon für Herrn Schmidts Meinung.

Sebastian zog einen originalverpackten Karton aus dem Regal.

»Hier.«

Herr Schmidt konnte Sebastians triumphierenden Gesichtsausdruck nicht nachvollziehen, ließ ihn aber unkommentiert. Der Junge war sonst immer so miesepetrig drauf, sollte er sich ruhig einmal freuen.

»Das hat also kein Kabel?«, fragte er gutmütig.

»Hatte schon vor zwei Jahren keins.«

»Und das funktioniert noch?«

Sebastian verdrehte die Augen.

Er machte sich gleich darauf an der Telefonsteckdose zu schaffen, während Herr Schmidt den Kuchen endlich in Alufolie packte. Henry saß daneben, beide Hände auf den Knien, ein schokoladiges Abbild eines Jungen, man hätte es auf Kakaopackungen drucken können. Herr Schmidt staunte jedes Mal, dass dieser Knabe zu einem Viertel sein, Herrn Schmidts, Blut in den Adern haben sollte. Man sah es ihm nicht an. Auch die Verwandtschaft zu Sebastian ließ sich nicht erahnen, weswegen Herr Schmidt Henrys Abstammung nach dessen Geburt ganz offen angezweifelt hatte, auch wenn der Kleine anfangs noch heller gewesen war. Er erinnerte sich vage an einen ausufernden Streit mit Barbara, die ihre eigenen Züge im Gesichtchen des neugeborenen Zwergs zu erkennen behauptete, was bei ihrem farblosen Teint komplett lächerlich war.

»Wirst in der Schule oft geärgert?«, fragte Herr Schmidt unvermittelt.

Henry fuhr zusammen. »Ich?«

»Sei nicht dumm. *Ich* gehe nicht mehr in die Schule.«

Henry schüttelte den Kopf. »Nein. Und ich kann sogar schon lesen.«

»Bist ein Klugscheißer? Das werden deine Klassenkameraden auch nicht mögen.«

»Hektor ist doof. Der tritt mich immer. Aber er tritt alle.«

»Na siehst du. Wie soll einer schon drauf sein, der wie ein Dackel heißt.«

Henry lächelte. Er lächelte so selten, dass Herr Schmidt kurz innehielt.

»Mich hat damals auch einer geärgert«, sagte er, plötzlich heiser. »Hat Dinge über meine Mutter gesagt, über unsere ganze Familie. Wir waren halt Zugezogene. Ich hab ihn geschlagen, musste zum Direktor. Musstest du auch schon mal?«

Henry schüttelte den Kopf.

Barbara schlief früh ein, der Besuch hatte sie erschöpft. Sie wollte auch nichts mehr essen. Herr Schmidt saß in der Küche herum, müde und unruhig, zu unkonzentriert für ein Kreuzworträtsel, zu hibbelig, um schlafen zu gehen. Am liebsten hätte er etwas gekocht, aber auch er hatte keinen Hunger. Er drehte eine schnelle Runde mit Helmut und setzte sich an den Computer.

Auf Medinskis Facebook-Seite gab es ein neues Video, in dem der Koch anregte, Kartoffelpüree zu einem Drittel mit Sellerie oder Blumenkohl zu strecken. Dieser Unsinn interessierte Herrn Schmidt nicht, er führte den Zeiger über den Bildschirm und die eingefrorenen Standbilder der kleinen Filme mit dem dicken Pfeil in der Mitte. Er kämpfte sich durch den Kommentarwust und stellte überrascht fest, dass die Leute auch Medinski gegenüber nicht gerade freundlich waren. Sicher, einige lobten seine Arbeit in den Himmel, andere nannten ihn fett, dreckig und empfahlen ihm, zurück nach Polen zu gehen. Herr Schmidt, der in anderen Zusammenhängen durchaus schon mal ähnliche Gedanken äußerte, spürte, wie ihm eine Ader an der Stirn anschwoll. Er wollte etwas dazu schreiben, dass Medinski bestimmt anständig seine Steuern zahlte zum Beispiel und dass der unverschämte Schreiber, wahrscheinlich selbst faul und arbeitslos, sein Maul gefälligst halten sollte, als er zwischen all den Kommentaren plötzlich eine Frage entdeckte: *Hat jemand ein gelingsicheres Rezept für Sandkuchen? Meiner wird immer zu trocken.* Herr Schmidt führte den Mauszeiger zur Frage und klickte. Verlässlich öffnete sich eine Leerzeile, er begann zu tippen. *Ich hab eins. Geht ganz einfach. Warte mal.*

Er holte den Zettel mit den Zutaten, setzte sich wieder hin und suchte den Satz, mit dem er seine Antwort begonnen hatte, indem er mit dem Finger am Bildschirm entlangfuhr. Da war er endlich. Darunter sammelten sich bereits weitere Kommentare, alle möglichen Leute prahlten mit ihren Kuchen. Herr

Schmidt ließ sich nicht beirren und tippte ordentlich ab, was ihm das dicke Bäckereimädchen aufgeschrieben hatte.

Das ist alles?, kam anstelle eines Danks.

Wieso, was fehlt denn?, antwortete er.

Ich tu immer noch Stärke rein.

Deswegen ist deiner auch zu trocken. Herr Schmidt lehnte sich zurück, zufrieden mit seiner Antwort.

Was hat eigentlich Barbara dazu gesagt?

Der Fragesteller war ihm unbekannt, wie sollte er sich auch all die fremden Namen merken.

Was soll sie schon gesagt haben, antwortete er.

Hat sie probiert?

Sicher. Hat ihr geschmeckt.

Gibt's Barbara eigentlich wirklich, oder trägst du im wahren Leben Frauenkleider?

Lass den Opa in Ruhe, du siehst doch, sein Profilbild ist eine Frau.

Deswegen frag ich ja.

Barbara, spuck's endlich aus, wessen Profil ist das?

Herr Schmidt begann zu schwitzen. Er führte den Zeiger auf das winzige Foto von Barbara, das überall neben ihrem Namen auftauchte, und klickte. Es öffnete sich in der Mitte des Bildschirms und so groß, dass man eindeutig sehen konnte, dass es Barbara zeigte, lächelnd, frisch vom Friseur. Ihre Wangen waren da noch runder.

Das auf dem Foto ist Barbara von vor einem Jahr,

schrieb Herr Schmidt. *Im Grunde sieht sie noch fast genauso aus. Etwas blasser vielleicht. Dünner. Isst ja nichts mehr.*

Neben dem Satz ploppten Daumen und Herzen auf. Die Leute drehten durch. Herr Schmidt schaltete den Computer aus und ging ins Bett.

*

Er wachte auf, weil Helmut mit der Klingel um die Wette bellte. Der Hund klang bereits heiser. Herr Schmidt fuhr im Bett herum und stöhnte auf, als ihm ein Schmerz zwischen die Schulterblätter fuhr. Barbara lag reglos neben ihm. Herr Schmidt verspürte die schon vertraute eisige Kälte in den Eingeweiden und hielt ihr routiniert den Zeigefinger unter die Nase. Barbara nieste und schob seine Hand weg.

Bis er seine Hausschuhe gefunden hatte und die Treppe heruntergekommen war, hätte jeder normale Mensch die Vergeblichkeit des Klingelns eingesehen. Vielleicht war es ein neuer Paketbote, der einen Versuch unternehmen wollte, die Pakete für die Nachbarn bei ihnen abzugeben, da der alte Zusteller ihn nicht instruiert hatte, dass Herr Schmidt niemals die Post anderer Menschen annahm. Am Ende ging noch irgendwas verloren, und er wäre der Depp, wenn er da etwas unterschrieben hätte.

Der Störenfried hämmerte inzwischen gegen die Milchglastür. Kein Wunder, dass Helmut durchdrehte.

Herr Schmidt riss die Tür auf: »Ich ruf gleich die Polizei!«

Eine groß gewachsene, bezopfte Frau wich zurück. Ihre wallenden Kleider folgten dem Ruck mit einer Verzögerung. Physik, dachte Herr Schmidt überrascht, als er von einem Stück Stoff gestreift wurde.

»Gott sei Dank!« Die Frau beäugte sein aufgeknöpftes Schlafanzugoberteil. »Hab mir schon Sorgen gemacht.«

»Wissen Sie, wie spät es ist?«

»Kurz nach elf.«

»Unsinn.«

Sie zeigte ihm mit einem neckischen Lächeln ihre Armbanduhr. Es konnte nicht stimmen: Er hatte noch nie im Leben so lange geschlafen. Kein Wunder, dass sein Magen knurrte.

»Das mit Barbara tut mir so schrecklich leid«, sagte die Frau.

»Was? Und wer sind Sie überhaupt?«

Sie schob sich einfach an ihm vorbei ins Haus. Helmut, der Feigling, trommelte begeistert mit dem Schwanz gegen die Dielen.

»Walter, wir kennen uns doch.«

Vielleicht hatte sie recht. Konnte schon sein, dass sie sich mal gesehen hatten. Aber wann und wo? Manchmal war er mit Barbara irgendwo hingegangen, Grillpartys, Sommerfeste, sogar Gottesdienste. Sie hatte sich bei solchen Gelegenheiten immer den

Mund fusselig geredet, während er danebenstand und ihre Handtasche hielt.

»Ich bin Anneke, wir sind zusammen im Jukuz aktiv.«

»Was? Reden Sie wie ein Mensch.«

»Wir betreuen den interkulturellen Mädchen- und Frauentreff im Jugend- und Kulturzentrum kulinarisch.«

Natürlich, das musste es sein. Barbara backte mit anderen Frauen Kuchen für die verwahrlosten Asozialen im Betonkasten am Bahnhof. Sie balancierte alle paar Monate die Bleche auf dem Fahrrad hin. Zwei- oder dreimal hatte Herr Schmidt sie mit dem Auto gefahren, unterwegs hatten sie weitere geschwätzige Weiber eingesammelt und ihr Zeug im Kofferraum verstaut. Anneke war wohl eine von ihnen.

»Barbara kann grad nichts backen«, sagte Herr Schmidt.

»Weiß ich doch. Ich hab euch was mitgebracht.«

Sie hatte eine Stofftüte mit einem Atomkraft-nein-danke-Aufkleber dabei und holte nun etwas hervor, das wie eine in Silberfolie eingewickelte Auflaufform aussah.

Herrn Schmidts Nasenflügel bebten.

»Was ist das?«

»Gemüselasagne.«

»Warum?«

»Ist vegetarisch.«

Er schob das Päckchen von sich. »Barbara braucht nichts.«

»Sie brauchen auch Unterstützung. Ich kenne solche Situationen. Als Angehöriger kümmert man sich um alles, aber wer kümmert sich um die Angehörigen?«

»Ich bin kein Angehöriger. Ich krieg meine Frau schon irgendwie satt.«

»Das sollte jetzt nicht falsch rüberkommen.«

Sie hörte einfach nicht auf zu reden, bei »nicht die Hoffnung verlieren« schaltete er ab. Irgendwann schwieg sie endlich und schien auf etwas zu warten, vielleicht eine Reaktion von ihm.

»Was jetzt noch?«

»Ich kann zum Beispiel einige Besorgungen übernehmen oder die Küche aufräumen.«

»Ist sie etwa unaufgeräumt?«

Die Frau verstummte. Herr Schmidt öffnete die Haustür etwas weiter.

»Ich rufe Barbara später an«, sagte sie. »Wenn es passt.«

»Meinetwegen.«

Doch anstatt endlich ihren Fuß über die Schwelle zu setzen, fiel sie ihm plötzlich um den Hals. Er keuchte, klopfte ihr auf den Rücken und machte sich ganz steif. Erst nach einer Ewigkeit ließ sie ihn wieder los. Er stand da wie ein Depp, benebelt von dem widernatürlichen, süßlichen Blumenduft, in dem ihre Wallekleider getränkt schienen.

Nach dieser Attacke konnte er nicht einmal zusehen, wie sie mit all ihren Röcken endlich auf ihr Fahrrad stieg. Er ging direkt in die Küche, entfernte die Alufolie von der mitgebrachten Auflaufform, die sich als kleiner entpuppte, als er gedacht hätte. Er hasste sich dafür, wie er den Inhalt in wenigen Minuten mit der Gabel zerteilte und in den Mund beförderte. Was ihm runterfiel, schlabberte Helmut auf.

»Ist vegetarisch«, sagte Herr Schmidt, aber dem blöden Schäferhund schien es egal zu sein.

*

Jedes Mal, wenn Herr Schmidt in den nächsten Wochen mit Helmut durch den Ort ging, hatte er das Gefühl, von allen Seiten angestarrt zu werden. Er versuchte, nicht zurückzustarren, was ihm allerdings schwerfiel. In jeder dicken Frau, die sich langsam wie ein Wal in seine Richtung drehte, sah er eine von Barbaras Bekannten. Überall diese teils mitfühlenden, teils neugierigen Augen, Blicke wie Berührungen auf seiner Haut. Sie wussten alle Bescheid. Wildfremde stürzten sich auf Helmut, der sich vor Begeisterung nicht einkriegen konnte und mit seinem Schwanz gegen Herrn Schmidts Beine schlug, sein missmutiges Zischen ignorierend. Unbekannte Männer besaßen die Frechheit, Herrn Schmidt die Hand auf die

Schulter zu legen und ihm irgendeine Unterstützung bei irgendwas anzubieten. Und von allen, wirklich allen, sollte er Barbara die allerliebsten Grüße und Wünsche ausrichten.

Bei einem seiner Spaziergänge landete er vor dem *Goldenen Hirsch*. Die Gaststube sah geschlossen aus. Herr Schmidt drückte die Klinke hinunter und stand auf einmal leicht geblendet im kühlen Halbdunkel. Er wartete, bis sich die Sicht klärte, schob dann den Perlenvorhang beiseite, verhedderte sich darin und zog einen Perlenstrang hinter sich her. Er spürte einen Widerstand, der plötzlich mit einem Knacken nachließ: Irgendwas musste gerissen sein. Herr Schmidt stellte sich an den Tresen, auf dem neben einem leeren Aschenbecher ein Schlüsselbund lag. Der Raum war von einer schweren Ruhe erfüllt. Er wartete einige Minuten, trommelte mit den Fingern auf den Tresen, rief schließlich: »Hanne!«, und wenig später noch einmal, lauter: »Hanne! Schmidt Walter hier.«

In der Küche schepperte etwas, doch es konnte nicht Hanne sein, das waren nicht ihre Bewegungen. Woher wusste er das so genau?

»Hanne!«, wiederholte er trotzig.

»Komme doch.« Nun stand Bernd vor ihm, mit Schürze und tropfnassen Gummihandschuhen an den Händen. »Was gibt's? Sie ist nicht da.«

Herr Schmidt sah ihn an, den Burschen, den er als Kind so bemitleidet hatte und der inzwischen nicht einmal mehr ein junger Mann war. Wie alt mussten sie alle inzwischen geworden sein, wenn schon die Kinder von einst nicht mehr jung waren? Bernd war früher moppelig und schüchtern gewesen, und wenn Herr Schmidt damals seine Augen auf Hannes Hinterteil ruhen ließ, rutschte ihm auch ihr Sohn, höchst unwillkommen, sofort ins Bewusstsein. Herr Schmidt erinnerte sich an seine eigene Überzeugung, dass aus dem Jungen nie etwas werden würde. Diese Ahnung bot den zuverlässigsten Sichtschutz zwischen ihm und Hanne. Und jetzt stand Bernd da mit seinen breiten Schultern, den angegrauten Schläfen, dem undurchdringlichen Gesicht.

»Wo ist sie denn?«

»Im Jukuz.«

»Was macht sie da?«

Bernd zuckte mit den Schultern.

»Im Jukuz am Bahnhof, sagst du?«

Bernd nickte und wandte sich um.

»Warte!«, rief Herr Schmidt, unangenehm berührt von der Brüchigkeit der eigenen Stimme. »Läuft die Spülmaschine?«

Bernd sah ihn über die Schulter an. »Warum sollte sie nicht laufen?«

»Ich hab sie immer repariert, als du klein warst«, sagte Herr Schmidt. »Das war mein Beruf.«

»Weiß ich doch«, sagte Bernd und verschwand in der Küche.

Herr Schmidt hatte nicht vor, zum Jukuz zu gehen. Er hatte da nichts verloren, schon gar nicht jetzt, und es hatte ihn nicht zu kümmern, wo sie nun den Kuchen für ihren Weibertreff herbekamen. Aber Helmut brauchte Bewegung. Barbara nur noch in der Horizontalen zu sehen, setzte ihm schwer zu: Der Hund kommunizierte über Körpersprache und war entsprechend verstört.

Herr Schmidt führte ihn also weiter, zum Marktplatz, die Hauptstraße entlang. Er fühlte sich auf einmal wie neu zugezogen. Als er noch für Elektro Spannert unterwegs gewesen war, waren ihm die Straßen und Fassaden vertrauter vorgekommen. Er hatte sie den jeweiligen Waschmaschinen, Trocknern, Spülgeräten zuordnen können, mit etwas Mühe sogar den Leuten, die sie besaßen. Er hatte die Geräte gemocht, jede Reparatur war ihm lieber als Verkauf und Anschluss. Damals hatte Elektro Spannert noch Qualitätsstücke im Sortiment, man hatte Zeit, niemand rümpfte die Nase, wenn er stundenlang nach einem Fehler in der Mechanik suchte. Wegwerfen und neu kaufen war noch keine Option. Wie viel Geld hatte er den Leuten durch seine Arbeit gespart, und wo blieb die Dankbarkeit?

Er war am Bahnhof angekommen. Eine S-Bahn fuhr gerade ein, gleich würden die Pendler den Bürgersteig fluten. Der Penner hatte sich mittlerweile in der Unterführung ausgebreitet. Mit einer Selbstverständlichkeit, als gehörte das alles ihm und nicht der Allgemeinheit. Sein Hund lag auf der Decke und rührte sich nicht. Vielleicht ist er tot, dachte Herr Schmidt, das ist schließlich kein Leben für einen Hund. Ein Hund braucht ein Zuhause.

Der zubetonierte Hof vor dem Jugend- und Kulturzentrum war ungewohnt leer, die rauchenden, schnatternden Halbstarken nirgends zu sehen. Herr Schmidt nahm Helmut an die kurze Leine, durchquerte den Hof und betrat den Betonklotz durch die angelehnte Tür.

Er fand sich in einem Raum mit niedriger Decke wieder. An einer Wand standen Regale mit zerfransten Büchern und Brettspielen, am anderen Ende entdeckte er einen Billardtisch und gleich daneben eine Art Kochnische, in der eine Frau die Spülmaschine ausräumte. Helmut wedelte begeistert mit dem Schwanz.

»Was machst du denn hier?«, fragte Hanne mit dem Rücken zu ihm.

Wie war es möglich, dass sie ihn, ohne sich umzudrehen, erkannt hatte?

»Dein Hund stinkt«, beantwortete sie die unausgesprochene Frage. »Hast dich verlaufen?«

Er hielt Helmuts Leine unnötig eng, der Hund jaulte protestierend. »Was hat Barbara hier immer zu schaffen?«, antwortete er mit einer Gegenfrage.

»Was?«

»Eine seltsame Frau hat Lasagne vorbeigebracht.«

»Anneke«, sagte Hanne und drehte sich endlich zu ihm. »War ihr nicht auszureden. Komm mal her.« Sie klopfte auf die Tischplatte neben sich.

Herr Schmidt befahl Helmut, sich in eine Ecke zu setzen, und steuerte den Tisch an. Hanne trug wie so oft ein Männerhemd, Jeans und Stiefel. Ihre braunen Haare waren an der Stirn verschwitzt und dadurch noch gelockter als sonst. Herr Schmidt blinzelte und schaute weg, folgte der Richtung, in die sie mit einem Kochlöffel deutete. »Siehst du den Plan? Da tragen wir uns alle ein.«

Herr Schmidt betrachtete das Blatt Papier, das mit einem Magneten in Form des Eiffelturms an der Kühlschranktür befestigt worden war. Der Kühlschrank kam ihm bekannt vor, aber er konzentrierte sich auf den Zettel, den Wust aus Namen und Daten.

»Ich bin heute dran.« Hanne fuhr mit dem Kochlöffel zwischen ihn und das Blatt. »Was steht da? Aprikose-Schmand-Kuchen. Und wo ist der Aprikose-Schmand-Kuchen? Hier im Backofen. Warm schmeckt er besser.«

»Hast nichts Besseres zu tun?«, fragte Herr Schmidt.

»Nö.« Sie drehte ihm wieder den Rücken zu und räumte weiter die Spülmaschine aus. Herr Schmidt stand im Weg. Sie hantierte mit dem Geschirr, griff über ihn hinweg, um etwas in die Schränke zu räumen, schob ihn mit der Hüfte aus dem Weg, um eine

Schublade aufzuziehen. Er musste dringend hier raus. Doch stattdessen las er sich noch mal den Zettel durch, entzifferte die mit einem Kugelschreiber hingekritzelten Namen.

»Hier.« Hanne tippte auf das Papier. »Hier ist Barbaras Name.« Herr Schmidt beugte sich noch etwas weiter vor. Sie schien in vier Wochen dran zu sein.

»Was bedeutet dieses Wort da? Wessen Sauklaue ist das?«

»Meine. Hier steht Käsekuchen.«

Käsekuchen. Er richtete sich wieder auf und versuchte, sich die schmerzenden unteren Wirbel zu reiben, kam aber mit der Hand nicht dran. Barbara backte keinen Käsekuchen, dachte er, aus Prinzip nicht. Aber da stand es, schwarz auf weiß.

»Wollte sie das selbst, mit dem Käsekuchen?«

»Keine Ahnung. Weißt du, wie lange es her ist, dass wir diesen Plan gemacht haben?«

»Aber wie macht ihr das normalerweise? Sagt jede, welchen Kuchen sie backen will, oder bekommt sie einen zugewiesen?«

»Warum willst du das wissen?«

»Ich will es nicht wissen!« So wütend machte ihn sonst nur Barbara.

Hanne griff sich einen Stift und hockte sich vor die Liste.

»Was machst du da?«, fragte er misstrauisch.

»Deine Frau durchstreichen.«

»Was soll das? Lass sie bloß da stehen.«

»Walter, jetzt reg dich nicht auf. Wir regeln das schon.«

»Ihr regelt gar nichts. Lass sie stehen.«

»Walter.« Sie sah aus der Hocke zu ihm auf. Verschwitzte Locken, oberster Hemdknopf geöffnet. »Entschuldige. Hab's nicht so gemeint. Wollte dir nicht wehtun.«

»Du kannst mir gar nicht wehtun«, sagte er langsam und deutlich. »Niemand von euch kann mir wehtun.«

Hanne stand auf und wischte sich die Hand an der Hose ab.

»Barbara bleibt eingetragen«, wiederholte er langsam. »Hast du verstanden?«

»Walter. Ich verstehe alles.«

»Nichts verstehst du.«

Sie biss sich auf die Unterlippe und wandte endlich ihren samtigen Bambi-Blick ab. »Es tut mir wirklich leid.«

»Spar dir das. Wenigstens du.«

Beim Hinausgehen hätte er fast Helmut in der Ecke vergessen, der ihm besorgt hinterherwimmerte, aber nicht wagte, ohne Erlaubnis den zugewiesenen Platz zu verlassen.

Vor ihrem Haus parkte ein kleiner dreckiger Wagen mit Berliner Kennzeichen. Helmut jaulte sehnsüchtig auf. Herr Schmidt ließ ihn von der Leine, schon schoss der Hund mit einem Satz über die hüfthohe Mauer und verschwand hinter dem Haus. Karin war kaum zu hören, weil die Stimme ihrer besten Freundin Mai so viel kräftiger war. Das war bei den beiden immer so. Wenn Herr Schmidt etwas an Mai mochte, dann die laute, deutliche Ausdrucksweise. Karin war da anders, leise und unbestimmt wie ihre Mutter.

Er musste einmal ums Haus, um zu sehen, was in seinem Garten vor sich ging.

Mai kniete vor Barbaras Liegestuhl und hielt ihre Hand. Herrn Schmidt drehte sich der Magen um. Was sollte die Pose? Barbara schien es ähnlich zu sehen, sie versuchte, sich zu befreien, doch Mai ließ sich die Hand nicht entreißen, sie streichelte sie unerbittlich und zählte all die Baustellen auf, an denen sie vorbeigefahren waren. Wenn sie mit Karin unterwegs war, fuhr immer nur sie, der dreckige Wagen gehörte ihr. Hatte Karin überhaupt ein eigenes Auto? Und wo war sie eigentlich? Da kam sie schon, von der anderen Seite, ein Tablett in den Händen, darauf ein paar wackelnde Gläser.

»Papa«, sagte sie, und ihre leise Stimme ging ihm durch Mark und Bein, durchströmte die Wirbelsäule, drang durch die Blutgefäße bis in die Fingerspitzen. Sie blieb mit ihrem Tablett einen halben Meter vor ihm stehen.

»Ihr hattet also Stau, ja?«, fragte Herr Schmidt.

Mai ließ Barbara endlich los. Zum Glück umarmte sie ihn nicht. Wenn sie es bei Barbara tat, hatte Herr Schmidt jedes Mal die Sorge, dass sie ihr dabei die Knochen brechen könnte. Ihn dagegen begrüßte sie mit einem Händedruck, fest und kräftig wie ein Mann, dabei war sie sogar kleiner als Karin.

»Wir sind schon eine Weile da, sitzen bisschen bei Mama«, sagte Karin.

»Warum auch nicht«, entgegnete Herr Schmidt.

»Was du hier leistest, Walter, nein wirklich, ich muss echt sagen, Hut ab.« Das war Mai.

»Ja«, sagte Herr Schmidt. »Alles nach Plan.«

»Was redest du da, Papa? Welcher Plan? Und hast du Durst?«

»Frag deine Mutter.«

»Ich soll Mama fragen, ob du Durst hast?«

»Jetzt sei nicht bescheuert!«

Karin trug das vermaledeite Tablett endlich zu Barbaras Liegestuhl. Dass sie alle immer um sie herumknien mussten.

»Wir haben Stühle«, sagte Herr Schmidt.

»Der Rasen ist so schön weich, Papa, wir mögen das gerne.«

»Natürlich ist er weich, er ist gewässert und gemäht.«

»Kein Zweifel, Papa.«

»Warum sagst du das? Wer soll daran zweifeln?«

»Papa, ich hol dir einen Liegestuhl, du legst jetzt auch mal die Füße hoch.«

»Ich will nicht im Liegestuhl liegen wie ein Depp.«

»Wir sind da, du machst mal Pause.«

»Ich will keine Pause!« Er wurde lauter.

Mai schaffte es, trotz ihres Kleinwuchses, irgendwie, ihm die Pranke auf die Schulter zu legen. »Was kann ich dir denn bringen, Walter?«

Schon bei ihrem ersten Besuch vor Jahren hatte sie ihn geduzt, und noch immer hatte er sich nicht daran gewöhnt.

»Ich wohne hier. Du musst mir nichts bringen.«

Herr Schmidt protestierte weiter, erst leiser, dann ganz stumm, in Gedanken. Er wusste selbst nicht, wie es passiert war, aber plötzlich war da ein zweiter Liegestuhl. Schon lag er darin, die Füße unnatürlich hochgewuchtet. Er hielt ein Glas Leitungswasser in der Hand. Er trank kein Leitungswasser. Herr Schmidt sah sich um. Karin und Mai waren verschwunden. Helmut ebenso. Barbara lag neben ihm in ihrem Liegestuhl, sie kniff die Augen zusammen, der Mund zuckte.

»Lachst du mich aus?«, fragte er.

Sie streckte die Hand aus und legte sie auf seine. Ihre Finger waren leicht, die Berührung kitzelte. Ihre Haut war schon wieder so trocken und noch dünner als zuvor. Herr Schmidt bedeckte sie mit seiner freien Hand, das ging mühelos, sie hatte lange Finger, aber kindlich kleine Handflächen. Der wuchtige Ehering saß an ihrem Finger, an seinem nicht, keinen Tag lang: Er hatte den Druck des Metalls nicht ausgehalten.

Sie schauten gemeinsam auf den Zaun und die Thuja-Hecken des Nachbarn. Auf Barbaras Blumenbeet davor, auf die gelben und violetten Zottelblumen, deren Namen Herr Schmidt nicht kannte, die er aber trotzdem mitgoss. Der Birnbaum stand in voller Blüte und wurde von den Bienen umsummt.

»Müde?«, fragte Barbara.

Dass ausgerechnet sie ihn das fragte. Machte er etwa den Eindruck? Wahrscheinlich weil er in diesem alten, von den Spinnweben nur notdürftig befreiten Liegestuhl lag. Es war unbequem, der Hintern hing durch. Und Barbara lag seit Tagen, nein, seit Wochen darin. Kein Wunder, dass es mit ihr nicht besser wurde.

»Ich kauf dir einen anderen Liegestuhl«, sagte Herr Schmidt. »Einen besseren, neuen. Willst du was essen?«

»Später vielleicht.«

Karin und Mai okkupierten die Küche. Niemand hatte sie darum gebeten. Mehr noch, Herr Schmidt hatte mehrfach wiederholt, dass sie es gefälligst lassen sollten.

»Aber Papa, lass uns doch bitte einmal sauber machen.«

»Es ist sauber.«

»Natürlich, das stimmt schon, ich sag ja gar nicht, dass es nicht sauber ist. Aber du kommst einfach nicht an alles ran, und der Boden …«

»Was ist mit dem Boden?«

»Nichts. Alles super. Lass dir doch bitte einmal helfen.«

»Ich brauche eure Hilfe nicht.«

Er konnte es so oft sagen, wie er wollte: Sie machten auf schwerhörig, holten die Sachen aus den Schränken, stapelten sie auf den Ablageflächen, wischten die Schubladen aus.

»Ich finde doch hier nichts wieder! Ich habe eine Ordnung«, hörte Herr Schmidt sich sagen.

»Wir tun alles genau so rein, wie es vorher war.«

Er bezweifelte es, gab aber auf. Nicht weil er schwach wurde: Wenn er gewollt hätte, hätte er sie aus der Küche, ja aus dem Haus werfen können. Es war immer noch sein Haus. Aber er wollte Barbara nicht unnötig aufregen. Schließlich hatte sie unrecht, wenn sie ihm unterstellte, immer Streit mit den Kindern anzuzetteln und dass sie seinetwegen gar nicht mehr kommen wollten. Sie wollten ja offensichtlich kommen, gerade jetzt waren sie so oft und so lange da wie noch nie. Außerdem hatte Herr Schmidt das Gefühl, dass Karin dieses ganze Umherwirbeln irgendwie brauchte. Sollte sie halt mit einem Putzlappen auf Knien durch die Küche rutschen, wenn es sie glücklich machte.

Zum Abendessen gab es Reis und undefinierbares klein geschnittenes Gemüse, dessen roter Grundton auf Tomatenbeteiligung hinwies.

»Was ist das?«, fragte Herr Schmidt. Die Konsistenz war wenig vertrauenerweckend. Mit Püriertem hätte er sich noch arrangiert, ebenso mit großen Stücken, die man eindeutig einer Gemüseart hätte zuordnen können. Dieses Zwischending dagegen war ihm nicht geheuer.

»Hauptsächlich Auberginen und Paprika«, sagte Karin.

Herr Schmidt war der Meinung, Auberginen zu verabscheuen. Er nahm sich nur vom Reis, wortlos, um niemanden zu kränken.

»Papa, sei nicht so kindisch. Natürlich magst du Auberginen.«

»Mein Lebtag habe ich keine gegessen.«

»Das ist einfach nicht wahr. Frag Mama.«

Als ob Herr Schmidt das tun würde.

»Sind die Auberginen aus dem Garten?«, fragte er Karin stattdessen.

»Es ist zu früh dafür. Und ihr habt auch sonst nie Auberginen im Garten.«

»Aber Paprika haben wir. Sind das unsere Paprika?«

Ihr Schweigen verriet sie.

Er salzte den Reis nach und gabelte ihn sich in den Mund. Barbara hatte eine Messerspitze Auberginen zu sich genommen und kaute ziemlich lang. Jede Wette, das Zeug schmeckte auch ihr nicht. Aber Streit wollte er jetzt wirklich vermeiden. Einmal hungrig ins Bett gehen, es gab Schlimmeres.

Mai schaufelte die Pampe gut gelaunt in sich hinein. Karin war schon wieder unruhig. »Weißt du was, Papa, koch du doch morgen einfach für uns.«

»Was?« Der Reis rieselte von seiner Gabel.

»Was du willst.«

»Wie meinst du das?«

»Ich hab schon so viel von deinen Kochkünsten gehört, jetzt will ich endlich auch mal in den Genuss kommen.«

»Mach dich nicht lustig!«

»Tu ich doch gar nicht.« Karin stiegen Tränen in die Augen, und Herr Schmidt spürte eine Welle schlechten Gewissens heranrauschen, dabei hatte er wirklich nichts Böses gesagt.

»Seid ihr etwa morgen immer noch da?«

»Papa!«

»Schon okay. Heul nicht. Ich koche.«

»Wir helfen dir.«

»Um Himmels willen. Es ist allein schon schwer genug.«

*

Er wollte etwas Einfaches und Gutes, nichts zum Angeben. Wie hatte es der alte Medinski in einem seiner Videos formuliert? »Die Leute wollen satt werden. Wer Schickimicki will, der soll woanders hingehen.« Kartoffelpüree, Bratwurst, Erbsen. Das Gute an Erbsen: Man musste sie weder schälen noch schneiden, Natur in Perfektion, insbesondere, wenn sie aus der Tiefkühltruhe kamen. Auch dieser Gedanke stammte von Medinski. Wenn Herr Schmidt sich mit der Aussaat beeilen würde, würde er in zwei Monaten eigene Erbsen im Garten haben. Die wären auch größer als die aus der Gefriertheke im Supermarkt.

Herr Schmidt suchte sich die günstigsten aus, für die Wurst ging er diesmal zur Fleischtheke, anstatt wie sonst das Kühlregal anzusteuern. Er ertappte sich dabei, dass er nicht mehr stumm mit dem Finger deutete oder, wie früher, der Fachverkäuferin den Einkaufszettel mit Barbaras runder Mädchenschrift reichte. Jetzt fragte Herr Schmidt, was der Unterschied zwischen den dicken und den dünnen Würsten war, denn weder die einen noch die anderen sahen nach den Bratwürsten aus, die Barbara üblicherweise kaufte. »Die langen sind Lamm«, erklärte die Fachverkäuferin, und Herr Schmidt entschied sich spontan für Leberkäse, eine Scheibe pro Nase und eine für die Pfanne. Barbara machte so etwas höchstens einmal im Jahr, dabei war es das beste Essen überhaupt. Dazu kaufte er Eier.

Am Fahrradständer rief jemand seinen Namen. Er

verstaute die Einkäufe in Barbaras Korb und befestigte ihn sicher auf dem Gepäckträger, erst dann schaute er auf. Vor ihm stand eine Frau in einer Bluse, deren Farbe an Vanilleeis erinnerte, fehlten nur noch die schwarzen Punkte. Die Frau hatte glänzendes, tiefbraunes, fast puppenhaftes Haar und trug ein Tüchlein um den Hals. Herr Schmidt war kurz davor, sie irritiert anzublaffen. Barbaras zahllose Bekanntschaften wurden ihm langsam lästig.

»Ich bin Lydia.«

»Wer?«

Er hatte natürlich sofort verstanden, wollte aber etwas Zeit gewinnen.

»Lydia«, wiederholte sie unbeirrt. »Kennen Sie mich noch?«

»Lydia aus dem Computer«, sagte er mit tauben Lippen.

»Genau die.« Sie schaute ihm so eindringlich ins Gesicht, dass er das Bedürfnis hatte, einen Schritt beiseitezutreten, doch das Fahrrad blockierte ihn.

»Sie denken jetzt bestimmt, warum ist die Frau da.« Lydias Lippen zitterten leicht.

»Ich denke, woher weiß die Frau überhaupt, wie ich aussehe.«

»Aber Walter. Die ganzen Fotos. Auf Barbaras Profil. Da sind ja fast nur Sie drauf.«

»Hab ich nicht gesehen.«

»Ach was. Da ist doch alles voll mit Ihren Fotos. Beim Fahrradfahren, im Garten.«

Seine Wangen wurden heiß. Barbara hatte ständig Bäume und Blumen geknipst, das war wohl ihre Rache dafür, dass er dabei manchmal im Weg gestanden hatte. In seinem Kopf begann es zu rauschen. Es war nicht gut, dass Lydia hier war. Fehlte bloß noch, dass ihn jemand mit dieser fremden Frau sah. Immerhin gingen hier alle einkaufen, und alle kannten Barbara.

»Fahren Sie nach Hause, Lydia«, sagte Herr Schmidt. »Ihr Mann wartet bestimmt auf Sie.«

»Aber Walter. Ich hab's Ihnen doch schon erzählt, mein Mann ist seit drei Jahren tot. Krebs.« Ihre rot geschminkten Lippen lächelten. »Der Schuft«, fügte sie zärtlich hinzu.

»Also, ich gehe jetzt. Muss noch kochen.«

»Mein Mann hat nie gekocht.«

»Ich hab früher auch nie gekocht.«

»Ich bin den ganzen Weg Ihretwegen gefahren.«

Hab ich dich etwa drum gebeten, dachte Herr Schmidt. Das Gespräch war in eine Sackgasse geraten. Wie kam er da jetzt raus, ohne unfreundlich zu werden?

»Laden Sie mich auf einen Kaffee ein? Bitte?«

Ihr Gesichtsausdruck erinnerte an Helmut fünf Minuten vor der Futterausgabe. Herr Schmidt gab nach. »Meinetwegen. Aber schnell.«

Der Supermarkt hatte eine angeschlossene Bäckerei, davor standen ein paar Cafétische. Herr Schmidt setzte sich mit dem Rücken zu den Kassen, so würde er es den Gaffern in den Warteschlangen nicht ganz so leicht machen und konnte zugleich den Supermarktparkplatz und vor allem sein Fahrrad im Blick behalten. Eine Bedienung gab es nicht. Man musste sich die Sachen an der Theke holen.

»Warum heißt so etwas überhaupt Café?« Herr Schmidt zog sein Portemonnaie hervor und drückte Lydia einen Zehner in die Hand. »Kaufen Sie sich einen Kaffee.«

»Und für Sie?«

»Ich hatte heute schon. Kaufen Sie sich noch ein Stück Kuchen.«

Lydia zog ab, den Schein in der Hand. Kurz darauf kehrte sie mit zwei Tassen und zwei Stück Kuchen zurück und verteilte alles auf dem kleinen runden Tisch.

»Hat das Geld gereicht?« Herr Schmidt griff erneut nach dem Portemonnaie, doch da gab ihm Lydia bereits einige Münzen Wechselgeld zurück. Sie setzte sich hin, verschob umständlich die Tassen und Teller. »Ich hab Ihnen eine Erdbeertarte gekauft.«

Herr Schmidt hatte nicht vor, sie anzurühren. Er gab Lydia exakt zehn Minuten. So lange durfte sie über irgendetwas reden, was sie interessierte, er würde dabei über ihre Schulter schauen und ab und zu nicken. Dann würde er gehen. Bezahlt war ja schon.

»Wie geht's Barbara?«, fragte Lydia.

»Besser.«

»Sie sind so ein braver, tapferer Mann.«

»Das können Sie doch gar nicht wissen.«

»Ich rieche so was.« Sie lächelte, und ihn schauderte.

»Unsinn. Was wollen Sie von mir?«

»Gar nichts. Wir reden doch einfach nur.«

»Ich habe es nicht so mit dem Reden«, platzte es aus ihm heraus. Die Geduld war schneller erschöpft, als er gehofft hatte. »Ich frag Sie doch auch nicht nach Ihrem Mann. Warum er gestorben ist und was Sie jetzt die ganze Zeit ohne ihn machen.«

»Ich erzähl's Ihnen aber gerne.« Lydia schien sich an seinem Ausbruch überhaupt nicht zu stören. Vielleicht war sie von ihrem Mann Schlimmeres gewohnt. »Wie schon gesagt, der Krebs. Ich weiß daher, was Sie durchmachen. Ich habe ihn bis zuletzt gepflegt.«

»Sie wissen gar nichts. Ich pflege niemanden.«

»Barbara ist eine sehr schöne Frau.«

»Das stimmt. Trotzdem pflege ich sie nicht!« Offensichtlich hatte sie sich auch noch Barbaras Fotos angesehen. Herrn Schmidt überkam ein böser Juckreiz zwischen den Schulterblättern, genau an der Stelle, an die er nicht mehr herankam.

»Sind Ihre Kinder oft da? Nehmen Sie alle Hilfe an,

die Sie kriegen können, Walter. Männer können das ja nicht so gut. Ich kann auch vorbeikommen. Ich habe meinen Mann gepflegt, ich weiß, was man braucht. Ich kann …« Doch Herr Schmidt ertrug es nicht mehr. Er stand auf, murmelte einen Abschiedsgruß und hastete zu dem mit den Einkäufen beladenen Fahrrad.

Das Abendessen wurde spät serviert, wie bei den Südländern, nach der Tagesschau. Dafür musste sich Herr Schmidt für die Auswahl der Speisen nicht schämen: Es war einfach perfekt. Er pürierte die gekochten Kartoffeln mit einem halben Pfund Butter und bearbeitete die Masse, bis ihm das Handgelenk wehtat. Er ließ die Fleischkäsescheiben in der Pfanne brutzeln und verteilte sie auf die Teller, briet vollendete, überraschend runde Spiegeleier, salzte nach und bedeckte jeden Fleischkäse mit einem kleinen Kunstwerk. Karin und Mai hatten schon den Tisch gedeckt. Wie ein Kellner servierte er jeden Teller einzeln. Die drei Frauen saßen da und warteten, dass er sie bediente. Doch kaum hatten sie die Teller vor sich, blickten Karin und Mai sich an und rückten kaum merklich zusammen.

»Ist schon gut.« Mais tiefes Flüstern durchdrang den Raum.

»Nein, ich muss es ansprechen.«

»Lass einfach gut sein.«

»Was ist los?« Herr Schmidt nahm sich Kartoffelbrei aus dem Topf und klatschte auch Barbara einen Kinderklecks auf den Teller. Warum sah sie so verlegen aus, was hatte er verpasst?

»Was ist los mit euch Mädchen?«

»Papa, es tut mir echt leid, dir das schon wieder sagen zu müssen, wo du dir solche Mühe gemacht hast, aber du weißt doch, dass wir kein Fleisch essen.«

»Wer sind jetzt wir?«

»Mai und ich.«

»Seit wann?«

»Seit mindestens zehn Jahren.«

»Woher soll ich das wissen?«

»Weil ich es jedes Mal anspreche, wenn du uns deine Wurst aufdrängst.«

»Mir hat das niemand gesagt. Ihr seid erwachsene Menschen, ihr könnt euch einfach mal zusammenreißen und essen, was andere Leute für euch gekocht haben.«

»Wir zwingen dich doch auch nicht, Auberginen zu essen! Das ist einfach …« Karin hielt inne. Mai hatte ihr den Arm um die Schultern gelegt und drückte sie kurz an sich.

»Ist doch alles in Ordnung, wir essen einfach die Eier und die Kartoffeln«, brummte sie. »Das ist der leckerste Kartoffelbrei der Welt, Walter! Du hast wohl nicht an Butter gespart.«

»Aber das Spiegelei riecht jetzt nach Leberkäse«, jammerte Karin wie ein verwöhntes Kind.

»Gib mir dein Ei, Hase. Nimm meins. Meins riecht nach gar nichts.«

Sie tauschten allen Ernstes ihre Spiegeleier. Karin aß schweigend, ihr Gesicht ähnelte Sebastians. Mai zwinkerte Herrn Schmidt zu. Sie waren wirklich gute Freundinnen, Karin und Mai. Wenn Mai dabei war, gab es weniger Drama als sonst. Karin war ein blasses, nicht besonders hübsches Mädchen, aber sie hatte ein gutes Händchen für Freundinnen. Herrn Schmidt fiel ein, wie sie mal mit jemandem im Garten auf einer Picknickdecke herumgerollt war, nichts als Zöpfe und lange Beine, und ein Gegiggel, dass er ihnen hatte zurufen müssen, leise zu sein, er hatte sich gerade zum Mittagsschlaf hingelegt. Wer war das noch mal gewesen? Ein Nachbarsmädchen? Eine Klassenkameradin? Er hätte Karin fragen können, aber wer weiß, ob sie darauf schon wieder beleidigt reagieren würde. Es war anstrengend, dass die Kinder neuerdings so dünnhäutig waren. Normalerweise war Sebastian der Empfindliche und Karin im Vergleich zu ihm die Gutmütige, Robuste.

»Berlin hat dich verdorben«, sagte Herr Schmidt zu seiner Tochter, aber sie hörte ihm gar nicht zu und sah ihn auch nicht an. Stattdessen hatte sie sich Barbara zugewandt. »Mama!«, rief sie, während Herr Schmidt sich umständlich in Barbaras Richtung drehte. »Mama, was ist los? Papa, jetzt halt sie doch mal fest!«

Barbara kam nach wenigen Minuten wieder zu sich, für Herrn Schmidt aber schien es eine Ewigkeit, in der er sich in drei Herren Schmidt aufgespalten fühlte. Der eine war erstarrt, ein Mann aus Stein, der nichts spürte, nur sah. Der zweite heulte wie ein kleines Kind, während der dritte Mai davon abhielt, den Krankenwagen zu rufen. Der dritte setzte sich schließlich durch.

»Wird wieder«, wiederholte Herr Schmidt mit tauben Lippen. »Nicht anrufen. Das wird wieder.« Sie hatten bereits mit zitternden Händen ihre Mobiltelefone hervorgeholt, als er endlich »Ruhe!« brüllte. Wenn es darauf ankam, war er immer noch der Mann im Haus.

Barbara lag auf der Fernsehcouch, wohin die drei sie mit vereinten Kräften verfrachtet hatten.

»Du hast keinen Fleischkäse gegessen«, sagte Herr Schmidt, als er das Gefühl hatte, dass sie ihn wieder hören konnte. »Kein Wunder, dass du schwächelst. Isst du jetzt auch kein Fleisch mehr?«

»Ich hab doch gegessen, Walter. Wir sollten das öfter haben.«

»Du hast höchstens eine Ecke angeknabbert.«

»Es war sehr nahrhaft.«

Mai drängte sich vor und hielt Barbara ein Glas Wasser hin, während sie mit der anderen Hand ihren Kopf stützte. Karin fasste Herrn Schmidt am Ellbogen und zog ihn weg, weg von Barbara und aus dem Zimmer.

»Was?«

Sie standen im Flur. Mai blieb bei Barbara. Ihr tiefes Brummen, das auch aus der Entfernung noch zu hören war, beruhigte Herrn Schmidts Nerven wie das Summen einer dicken Erdhummel.

»Papa. Ich verstehe, es ist schwer.«

»Nichts ist schwer. Lass mich.«

»Papa. Deine Reaktionen sind verstörend. Das muss aufhören. Wir können doch nicht die ganze Zeit vor Ort sein.«

»Das hoffe ich.«

»Ernsthaft jetzt. Ich habe mit Sebastian gesprochen, wir werden uns in den nächsten Wochen nach Möglichkeit abwechseln, aber wir haben Berufe.«

»Was willst du eigentlich?«

»Ich respektiere es, dass Mama unter allen Umständen zu Hause bleiben soll. Ich will euch gerade in dieser Frage nicht bevormunden. Sebastian sieht das anders, aber ich kann euch verstehen. Ihr braucht Hilfe, wenn ihr es durchziehen wollt. Es muss immer jemand im Haus sein.«

»Hältst du uns für Kleinkinder?«

Er schob sie aus dem Weg, wollte zu Barbara. Sie lag noch immer auf der Couch, zwei Kissen im Rücken, ihre zierliche Hand schon wieder in Mais Pranken.

»Kann ich mal zu meiner Frau?«

Mai machte Platz. Wenigstens diskutierte sie nicht mit ihm.

»Geht mal beide raus«, sagte Herr Schmidt.

Er vergewisserte sich, dass die beiden den Raum wirklich verließen, und rief ihnen noch ein »Tür zu!« hinterher. Dann waren sie endlich allein, hatten endlich Ruhe. Er versuchte, neben Barbara auf der Couch Platz zu nehmen, aber so zierlich sie auch war, der Rand reichte ihm nicht. Er ging stöhnend neben der Couch auf die Knie. Barbara betrachtete seine Bewegungen mit jenem Gleichmut, mit dem sie sonst Helmut beim Herumtollen im Garten zusah. Er legte seine Hand auf ihre.

»Wie ist dir?«

»Besser.«

Sie sahen sich in die Augen wie sonst selten, wie vielleicht noch nie. Was gab es zu reden, wenn man schon alles gesagt hatte. Ihre Augen waren dunkelblau, die Augenbrauen dunkelblond, er streckte die Hand aus und fuhr mit dem Daumen die Wangenknochen entlang. Dass Barbara dabei zurückzuckte, versetzte ihm einen Stich: Er hatte sie nie geschlagen. Oder hatte er auch das inzwischen vergessen? Nein, er war sich sicher. Auch Barbara schien die eigene unkontrollierte Bewegung unangenehm zu sein. Sie stützte sich auf seiner Schulter ab, beugte sich vor und küsste ihn auf die Stirn.

Herr Schmidt wollte etwas sagen, räusperte sich,

setzte erneut an. »Du machst keine dummen Sachen, oder, mein Mädchen?«

Barbaras leichte Hand lag noch immer auf seiner Schulter.

»Weiß nicht«, sagte sie.

*

Vier Wochen später parkte Herr Schmidt das Auto vor dem Betonklotz und holte das mit einem Küchentuch bedeckte Backblech aus dem Kofferraum. Er hatte Sorge gehabt, dass all die anderen Frauen dastehen und ihm dabei zusehen würden und dass ihm dann das Blech aus den Händen rutschen könnte. Aber niemand war da. Er war wie immer zu früh. In der Küche des Jukuz stand die einzige Frau dieser Welt, die er mühelos auch in der tiefsten Dunkelheit erkannt hätte. Selbst bei Barbara wäre er sich weniger sicher gewesen. Er durchquerte den Raum und stellte das Blech ab. Hanne hob das Küchentuch mit zwei Fingern an und schüttelte den Kopf. Er explodierte: »Was stimmt schon wieder nicht?«

»Ich fasse es nicht«, sagte sie bedächtig.

»Was fasst du schon wieder nicht?«

»Den hast du nie im Leben selbst gebacken.«

»Wer sonst? Helmut?«

»Ich hätte da ein paar Ideen …« Sie lachte, und er erinnerte sich, wie es war, wenn man eine Frau schlagen wollte. Etwas in seinem Gesicht ließ Hanne zurückschrecken. Hanne, die sonst so unerschrocken war.

»Walter, ich mach doch nur Spaß.«

»Ich hol das Blech später ab.«

»Walter. Warte doch.«

Sie legte das Küchentuch zur Seite und begann, seinen Kuchen mit einem großen Messer in Rechtecke zu schneiden. Die Bewegungen waren präzise, schnell, irgendwie wütend. Ruck, zuck war alles zerteilt. Hanne griff mit spitzen Fingern ein Randstück heraus und biss hinein.

»Himmel!«

»Was?«

»Hast du gar nicht probiert?«

Für einen Moment dachte er, Zucker mit Salz verwechselt zu haben. Er machte keine Anstalten, sich ein Stück vom Blech zu nehmen: Die Weiber, für die der Kuchen gedacht war, sollten nicht seinetwegen hungrig nach Hause gehen. Hanne trat näher, sodass sie ihn fast berührte, und hielt ihm ihres unter die Nase.

»Klappe auf.«

Auf einmal hatte er alles im Mund, den Mürbeteigboden, die Quarkmasse, die Streusel. Es war luftig und knusprig zugleich, er schmeckte die Butter aus dem Teig heraus und die Vanille aus der Füllung. Er hatte sich an Barbaras uraltes Rezept gehalten, sich an ihrer damals noch so kindlichen Schrift abgemüht, war immer wieder versucht gewesen, zu ihr hochzugehen und zu fragen, was sie da hingekritzelt und warum sie nicht deutlicher geschrieben hatte. Als hätte sie ahnen können, dass er sich jemals dafür interessieren würde.

»Besser als Barbaras«, sagte Hanne mit vollem Mund.

»Untersteh dich.«

Hanne hielt ihm den Rest ihres Kuchenstücks hin, und weg war es, geschmolzen auf der Zunge, einen diffusen Geschmack von Kindheit und Glück hinterlassend.

»Wie ist sie drauf?«, fragte Hanne.

Als ob er das wusste. Es war ihm sein Leben lang ein Rätsel gewesen, wieso sollte sich das gerade jetzt geändert haben. Hanne nickte, als hätte er es laut ausgesprochen. Dieses wortlose Verständnis gefiel Herrn Schmidt noch weniger als die Dummheit der anderen, die immer nachhaken mussten und zu viel wissen wollten. Seine Gedanken gingen niemanden etwas an.

»Sie ist halt still«, sagte Herr Schmidt. Sie standen nebeneinander, gegen die Theke gelehnt, und irgendwann stellte Herr Schmidt fest, dass er sich auch gegen Hanne lehnte, dass er den Kneipenrauch in ihren Kleidern roch, der auch mit noch so viel Waschpulver nicht rauszubekommen war. Hannes Hand legte sich auf sein Haar, seine Kopfhaut prickelte. Er zuckte zusammen, als die Tür aufgeschoben wurde und eine Gruppe von Frauen in Kopftüchern schnatternd das Jukuz betrat. Er wich zurück, als hätte er sich an Hanne verbrannt, spürte auf der ihr zugewandten Gesichtshälfte immer noch ihre Hitze.

Luder, dachte er.

Er ging an den Frauen vorbei, die vor ihm zurückwichen wie er gerade vor Hanne, stellte auf der Straße fest, dass er beim Ausladen vergessen hatte, den Kofferraum zu schließen, kontrollierte, ob jemand in der Zwischenzeit seinen Regenschirm und Helmuts Decke geklaut hatte, was nicht der Fall war, und stieg endlich ein. Er drehte den Zündschlüssel und drückte beim Starten das Gaspedal durch wie ein Halbstarker. Sein Gesicht brannte noch immer.

*

Die Kinder kamen jetzt ständig. Sebastian öfter, dafür kürzer, Karin ungefähr alle drei Wochen, um dann gleich mehrere Tage am Stück zu bleiben. Herrn Schmidt war das zu oft, er musste pausenlos kochen, schleppte Berge von Lebensmitteln und musste ständig wiederholen, dass er keine Hilfe beim Einkaufen wollte. Er sagte den Kindern jedes Mal, dass sie nicht so oft zu kommen brauchten. Sebastian entgegnete, dass er persönlich einfach seine Mutter besuche und Herr Schmidt ihn nicht weiter beachten solle. Doch dann erwischte Herr Schmidt ihn dabei, wie er sechs riesige Packungen Toilettenpapier im Vorratsraum verstaute.

Er beschloss, so zu tun, als hätte er nichts bemerkt, schließlich musste er sich um die kränkelnden jungen Tomaten im Garten kümmern. Er hatte die Setzlinge in die Erde gestopft und dabei einige abgebrochen, der Kleinkram war einfach keine Männerarbeit. Zum Glück hatten sie sowieso zu viele. Auch Barbaras zahlreiche Stauden blühten noch nicht, wie sie sollten, egal, wie oft er sie goss und düngte.

An einem der Abende, als er sich an den Computer zurückgezogen hatte und gerade die Kommentare unter einem Gulasch-Video studierte, während Karin bei Barbara herumhing, parkte wie stets ohne jede Anmeldung Sebastians Toyota vor dem Haus. Herr Schmidt konnte von seinem Platz aus sehen, wie Sebastian lange im Auto sitzen blieb, sich die Augen rieb, telefonierte und dann wieder vor sich hin starrte. Nach mindestens zwanzig Minuten stieg er aus. Helmut drehte durch. Herr Schmidt stoppte Medinski mitten im Wort und ging zur Eingangstür.

»Karin ist doch da«, sagte er, sobald Sebastian die Tür mit seinem eigenen Schlüssel geöffnet hatte. Vielleicht war langsam die Zeit gekommen, das Schloss auszuwechseln, damit die Kinder wieder den Gebrauch der Klingel erlernten.

»Ich weiß.«

»Wir haben hier nur eine begrenzte Zahl an Schlafplätzen zur Verfügung.«

»Der gewohnt warme Empfang.« Sebastian ging, eine Plastiktüte in der Hand, an ihm vorbei.

»Was hast du da drin?«

»Hab mir ein Sandwich an der Tanke geholt.«

»Als ob wir hier kein normales Essen hätten.«

»Beruhig dich. Ich nehme es wieder mit.«

»Man kann so etwas nicht mal den Schweinen zum Fressen geben.«

»Okay.«

Sebastian warf das elende Ding mitsamt seiner dreieckigen Verpackung in den Mülleimer. Herr Schmidt holte es wieder hervor und machte sich daran, es nach Plastik, Restmüll und Bioabfall zu trennen. Das matschige Brot und der kränkliche Aufschnitt kamen nicht mal für den Kompost infrage. Den Tomatenscheiben und dem Salatblatt gab er eine Chance, nachdem er sie unter dem Wasserhahn von der rosafarbenen Soße gereinigt hatte.

Seine Vorahnung hatte ihn nicht getäuscht: Sebastian und Karin hatten sich verabredet, um ihn gemeinsam in die Mangel zu nehmen. Nach dem Abendessen halfen sie abräumen und setzten sich schließlich, links und rechts, neben ihn. Er konnte sich hin und her drehen, wie er wollte, aus jeder Richtung traf ihn ein vorwurfsvoller Blick. Sebastian sagte, dass sich viele Familien in dieser Situation eine osteuropäische Hilfskraft holten. Karin berichtete von zwei liebenswürdigen Frauen, die gerade frei würden, da die von ihnen Betreuten kurz nacheinander verstorben seien. Herr Schmidt war nicht doof, er hatte von dieser Lösung gehört und sich auch schon gewundert, warum er die beiden Männer, um die es da ging, schon eine Weile nicht mehr auf der Straße gesehen hatte.

»Das ist was für alte Leute«, sagte er.

Sebastian lachte auf, um sogleich schlagartig zu verstummen. Karin hatte mit ihrem Tritt auch Herrn Schmidts Wade gestreift.

»Papa, der Fußboden saugt sich nicht von allein, das Bad sieht nach drei Tagen schlimm aus. Du hast wahrscheinlich nie gemerkt, was Mama immer gemacht hat. Allein schon die Wäsche.«

»Ich hab doch gewaschen!«

»Vor vier Wochen – einmal.«

Herr Schmidt überlegte. Was hatte er eigentlich mit der Wäsche gemacht, die er damals in die Maschine gestopft hatte? Hatte er sie in der Trommel vergessen oder tatsächlich aufgehängt? Und wenn ja, wo? Hing sie immer noch da? Wie konnte man sich gleichzeitig um Garten *und* Haushalt kümmern?

»Wir haben so viele Sachen, wir müssen gar nicht so oft waschen.«

»Papa. Du müsstest dich selbst mal hören.«

Es war nicht so, dass man ihm irgendwas über Reinlichkeit erzählen musste. Er war ein Saubermann, schon immer gewesen. Zu Beginn ihrer Ehe hatte er Barbara nichts durchgehen lassen. Sie war ziemlich schlampig gewesen, das musste an ihrer Herkunft gelegen haben. Er hatte sie auf jeden Krümel, jeden Fleck hingewiesen. Inzwischen war sie sauberer als er. Er rechnete es sich selbst hoch an, dass sie so perfekt geworden war.

»Papa, wir müssen auch ein wenig an die Zeit danach denken«, sagte Karin.

»Was meinst du?« Er hob den Kopf, sah sie an, seine Tochter, die selbst langsam alt wurde, graue Strähnen im hellbraunen Haar, herunterhängende Mundwinkel, gewöhnungsbedürftig. Keine schöne Tochter, auch keine glückliche, und jetzt, es schockierte ihn immer wieder aufs Neue, nicht einmal mehr eine junge. »Du sollst nicht so oft kommen«, sagte er zum wiederholten Mal. »Ihr beide nicht. Wir kommen zurecht.«

»Bitte überleg mal, mit wem du dich am ehesten anfreunden könntest, mit Katarzyna oder mit Anna, das würde uns extrem entlasten.«

»Vergiss es«, sagte er. »Barbara duldet keine zweite Frau im Haus.«

Mitten in der Nacht wachte Herr Schmidt auf. Wie gewohnt drehte er sich zu Barbara und hielt ihr die

Hand unter die Nase, so lange, bis er ihren Atem auf seinem Zeigefinger spürte. Erleichtert legte er sich auf den Rücken und blickte zur Decke. Nach dem Streit mit den Kindern hatte die Nacht keine ruhige werden können. Karin hatte sich irgendwann verzweifelt die Hände vors Gesicht geschlagen, Sebastian war aufgesprungen und aus dem Zimmer gerannt, nachdem er einen Stuhl zur Seite getreten hatte. Das Temperament hatte er wohl doch von Herrn Schmidt geerbt, wenigstens das. Schon als Kind hatte er Wutanfälle gehabt, und obwohl Herr Schmidt jeden davon hart bestrafte, war ein Teil von ihm immer auch stolz gewesen: Es waren die einzigen Momente, in denen der Junge Stärke zeigte.

Sebastian war nach seinem Gefühlsausbruch tatsächlich in sein Auto gestiegen und weggefahren. Karin hatte Herrn Schmidt daraufhin tränennass angesehen: »Zufrieden? Hältst du wenigstens Mai und mich noch ein paar Tage aus?« Er hatte mit den Schultern gezuckt.

In der Nacht war er unruhig und versuchte, Barbara nach ihrer Meinung zu fragen. Sie konnte sich nicht länger aus allem heraushalten, ihm einfach die Verantwortung für sie beide überlassen, ohne ihn jemals gefragt zu haben, ob er das überhaupt wollte. Sie hatte so viel dafür getan, zumindest einige Dinge selbst entscheiden zu können, und je älter sie wurden, desto entspannter war er damit umgegangen, dass sie nicht mehr auf ihn hörte. Es machte ihn wütend, dass sie jetzt schlagartig damit aufgehört hatte, irgendwas überhaupt zu wollen, dass er nun rätseln und raten musste.

Herr Schmidt wälzte sich hin und her, kontrollierte mehrmals Barbaras Atem. Irgendwann hielt er es nicht mehr aus. Helmut winselte vor Begeisterung, als er im Erdgeschoss ankam, aber da hatte sich der Hund geschnitten, den Morgenspaziergang gab es auch heute keine Minute früher als sonst. Herr Schmidt ging ins Wohnzimmer und schaltete den Fernseher ein, ließ den Zeigefinger auf dem Programmknopf der Fernbedienung, bis er etwas fand, was weder wie irre blinkte noch kreischte, die Wiederholung einer Medinski-Sendung, die er schon einmal gesehen hatte: Kalbsleber mit karamellisierten Äpfeln, Zwiebeln und Kartoffelbrei. Herr Schmidt wusste sofort, was er am nächsten Tag kochen würde. Barbara schätzte Leber nicht so wie er, aber einmal musste er auch an sich denken. Helmut hatte sich zu Herrn Schmidts Füßen ausgestreckt und den schweren Kopf auf einen Pantoffel gelegt.

»Vermisst sie auch, gell«, sagte Herr Schmidt.

Medinski war bald fertig, doch die Nacht zog sich. Herr Schmidt war hellwach, und bei der Vorstellung, wieder die Treppe hochgehen zu müssen, schmerzten seine Knie.

»Hast Glück«, brummte er in Richtung des Hundes und streckte die Hand nach der Leine aus.

Er hatte nicht gemerkt, wie der Sommer sich eingeschlichen hatte. Der Himmel war bewölkt, die Dunkelheit wurde von Laternenlicht durchlöchert. Die Lichter in den Fenstern waren fast alle erloschen, nur im Haus gegenüber leuchtete es noch unterm Dach. Wahrscheinlich saß Mendel dort auf seinem schmalen Bett, wieder allein, seit ihm die thailändische Ehefrau weggerannt war. Herr Schmidt erinnerte sich: Er hatte nie Sorge gehabt, dass Barbara ihm wegrennen könnte. Nicht weil sie ihn so toll fand – er machte sich da keine Illusionen –, sondern weil sie nirgends hätte hingehen können. Vielleicht war das ein Gedanke, der ihn damals für vieles entschädigt hatte: Wenigstens konnte sie nicht weg.

Der süßliche Duft der Lindenblüte hing in der Luft. In manchen Vorgärten ließen sich, trotz der Dunkelheit, Flecken verdorrten Rasens erkennen. Die Leute taten gerade so, als ginge sie die zu frühe, zu trockene Hitze nichts an. Barbaras Tomaten aber tat sie gut, solange jemand zum Gießen da war. Herr Schmidt ließ Helmut von der Leine. Der Hund trottete schwanzwedelnd voran, sich immer wieder umdrehend, ein unterwürfiges, liebeshungriges Tier. Herr Schmidt hatte ursprünglich eine kleine Runde geplant, doch die Füße trugen ihn immer weiter.

Die Straßen waren verlassen, niemand grüßte oder fragte nach Barbara. Es war der schönste Spaziergang seit Monaten. Er überquerte den Marktplatz, auf dem die Fenster des längst geschlossenen Italieners und des benachbarten Eiscafés gespenstisch blau leuchteten. Der Brunnen war abgeschaltet, in der Ferne hörte er eine S-Bahn. Nicht mal um diese Zeit konnten der Penner und sein Hund ungestört schlafen. Herr Schmidt ging weiter, in Richtung eines plötzlich aufkommenden Lärms. Schon befand er sich in der Nähe des Jukuz.

Helmut blieb stehen, die Ohren aufgerichtet, der Körper unter Spannung. Das Tier sah bedrohlich aus, vor allem, wenn man nicht wusste, was für ein Feigling es eigentlich war. Es fürchtete sich vor Betrunkenen, vor Dunkelhäutigen, vor Regenschirmen. Nachts war es besonders ängstlich.

Nun sah Herr Schmidt es auch: Am Zaun vor dem Jukuz schubsten sich zwei, nein, der eine schubste, der andere zerrte. Helmut zitterte, man hätte es glatt für Jagdtrieb und Blutdurst halten können. Herr Schmidt kniff die Augen zusammen. Die zwei sahen auf den ersten Blick völlig gleich aus, zerschlissene Hosen und übergroße Pullover mit Kapuzen, die Helmuts Panik noch steigerten. Kapuzen waren für ihn noch schlimmer als Regenschirme. Nach wenigen weiteren Schritten stellte sich die kräftigere der beiden Gestalten als ein Mädchen heraus. Die Kapuze rutschte ihr herunter, am blauen Schimmer der Haare erkannte Herr Schmidt die Verkäuferin aus der Bäckerei.

»Was ist da los?«, rief er mit scheppernder, heiserer Stimme. »Lass sie sofort in Ruhe!« Die Rangelei wurde unterbrochen. Zwei runde, bleiche Gesichter drehten sich ihm zu. Herr Schmidt pfiff kurz, um Helmut zu sich zu holen, damit dieser sich – und vor allem ihn – nicht weiter blamierte. Ein mögliches Missverständnis nahm er dabei billigend in Kauf. Er hielt den herangelaufenen Hund am Halsband fest. Der Kerl stieß das Mädchen von sich, sodass sie nach vorn auf den Asphalt fiel, rannte davon und verschwand in der Dunkelheit.

Herr Schmidt ließ den Hund los, kam näher und streckte der Verkäuferin die Hand hin. Sie zog sich lieber am Zaun hoch. »Ach, Sie sind es.«

Helmut tobte vor Begeisterung, beschnüffelte ihre Schuhe mit den offenen Schnürsenkeln, leckte ihr die Hand, eine Schande für die ganze Rasse.

»Was treibst du dich hier rum?«, fragte Herr Schmidt streng.

»Wieso?«

»Du siehst doch, was dann passiert.«

Sie klopfte sich den Staub von der Hose, die sich in Herrn Schmidts Augen nicht einmal für Putzlappen eignete.

»Ist doch nichts passiert.«

»Der Kerl wollte dich vergewaltigen.«

Sie lachte auf. »Na klar.«

»Und wenn ich nicht gekommen wäre?«

Sie lachte noch immer. Sie war undankbar, wie sie da vor Helmut kniete und ihn streichelte, sich vor seiner Zunge wegduckend.

»Sie haben ja einen supersüßen Hund.«

»Steh auf. Ich bring dich nach Hause.«

Sie sah aus der Hocke zu ihm auf. Das blaue Haar leuchtete im Laternenlicht und machte sie zu einem fremdartigen Wesen, mehr Insekt als Mensch.

»Mach hin. Ich hab nicht die ganze Nacht Zeit.«

Sie richtete sich stöhnend auf. Übergewicht machte auch junge Leute alt. Sie hätte Barbara beim Yoga sehen sollen, vor einigen Monaten noch. Geschmeidig wie ein Mädchen.

»Wo wohnst du?«

Sie zeigte in eine Richtung, gemeinsam setzten sie sich in Bewegung: Herr Schmidt mit Helmut voran, sie hinterher. Helmut wandte sich immer wieder um und hechelte. Ihre Schritte waren enervierend in ihrer Ungleichmäßigkeit, mal ausladend groß, dann wieder kurz und schnell.

»Hast du was an den Füßen?«

»Wieso?«

»Du läufst schief.«

»Ich laufe normal.«

»Du hast keine guten Schuhe.«

»Müssen Sie an allem herumnörgeln?«

Sie hatte recht. Was gingen ihn ihre löchrigen ausgelatschten Turnschuhe an. Sie verkaufte das Brot ja nicht mit den Füßen. Doch genauso ungleichmäßig, wie sie lief, atmete sie auch, laut und durch den Mund.

»Du bist erkältet.«

»Echt jetzt?!«

Sie durchquerten einen kleinen Park und blieben vor einem mehrstöckigen Bau stehen.

»Danke«, murmelte sie.

»Was?«

»Wir sind da. Danke.«

»Ah. Na gut.«

Sie kramte nach den Schlüsseln in ihrer Tasche.

»Ich werde heute früh Brötchen holen«, sagte Herr Schmidt. »Wasch dir vor der Arbeit das Gesicht.«

»Ich arbeite nicht mehr in der Bäckerei.«

»Was? Unsinn.«

Sie lachte schon wieder. Doch zugleich rollten ihr ein paar Tränen über die Wangen. Sollte einer aus Frauen schlau werden. Dann drehte sie sich um und verschwand in der Tür. Das gesichtslose Haus verschluckte sie, als wäre sie nie da gewesen.

Es war halb fünf, als er nach Hause kam. Herr Schmidt sah keinen Sinn darin, jetzt noch mal ins Bett zu gehen. Er goss die Tomaten, die auf die ersten Sonnenstrahlen zu warten schienen, schüttete Helmut eine Handvoll Futter in den Napf und machte sich einen Kaffee. Danach setzte er sich in den Sessel, die Tasse in der Hand, das Heft mit Kreuzworträtseln auf dem Schoß, und wartete, dass sich die Dunkelheit hinter dem Fenster lichtete. Die Nächte wurden langsam wieder länger, er würde noch etwas Geduld haben müssen. Er schaffte es gerade noch, die Tasse abzustellen, bevor ihm das Kinn auf die Brust sank.

Es war nicht das erste Mal, dass er im Sessel einschlief. Gerade beim Radiohören oder Kreuzworträtseln passierte es oft. Barbara hätte ihn sonst irgendwann geweckt. Jetzt war er auch hier auf sich allein gestellt. Beim Aufwachen taten ihm die Knochen weh, mehr Knochen, als er überhaupt zu besitzen glaubte. Sein Kopf dröhnte, als zöge sich ein glühender vibrierender Draht von Trommelfell zu Trommelfell, der zudem auf eine rätselhafte Weise direkt an die Türglocke angeschlossen schien. Herr Schmidt legte sich stöhnend die Hände auf die Ohren. Wo waren denn alle, wenn man sie mal brauchte? Er schälte sich aus dem Sessel und setzte sich in Bewegung.

Der Mann vor der Tür trat von einem Fuß auf den anderen und hatte keine Post dabei. Herr Schmidt hatte ihn schon einmal gesehen. Doch das war lange her, und das einst so junge Gesicht schien in der Zwischenzeit auf schreckliche Weise faltig zusammengeschrumpft zu sein. Es war grausam, wenn man die Zwischenstadien nicht mitbekam. Das silbrige Haar war einst voll und rotblond gewesen, die Augen verbarg eine getönte Brille. Schon damals hatte der Kerl eine Brille getragen, was ihn sofort zum Klugscheißer gemacht hatte.

»Walter.« Von irgendwo hinter dem riesigen Blumenstrauß wurde Herrn Schmidt eine Hand entgegengestreckt. »Komme ich ungelegen?«

»Was?«

»Ich habe angerufen.«

Nicht bei mir, dachte Herr Schmidt.

»Komm halt rein.« Die Handbewegung war eher wegwerfend als einladend.

Harald, erinnerte er sich, während er den Gast ins Esszimmer führte und ihm einen Platz am Tisch zuwies. Sie hatten ihn damals Harry genannt, wenn sie es gut mit ihm meinten, also eigentlich nie. Sonst nur Brillenschlange.

Den in Papier gewickelten Blumenstrauß legte er auf den Tisch.

»Die sind für Barbara.«

»Für mich wohl kaum«, sagte Herr Schmidt.

Harald sah sich um. »Schläft sie? Ich kann warten.«

Und jetzt?, dachte Herr Schmidt. Sollte er den Kerl tatsächlich nach oben zu seiner Frau schicken, ins Schlafzimmer, in diesen affigen Turnschuhen, die vielleicht Sebastian tragen konnte, aber doch nicht so ein alter Mann. Sollte der sich wirklich an Barbaras Bettrand setzen und ihr, wie alle anderen Gäste, betroffen etwas zuflüstern dürfen? Barbara war das

Treppensteigen inzwischen zu anstrengend: Wenn wieder mal eine Frau mit einer Tupperdose klingelte, winkte Herr Schmidt sie einfach durch, damit er nicht mit ihr reden musste, und die Frau schlich mit betroffenem Gesicht die Treppe hoch, auf den letzten Stufen an einem aufmunternden Gesichtsausdruck arbeitend. Aber die Brillenschlange? Das fehlte noch.

Harald stand inzwischen im Wohnzimmer neben dem Esstisch und machte keine Anstalten, sich hinzusetzen. Herr Schmidt ließ ihn stehen und stampfte selbst die Treppe hoch. Das Haus bebte unter seinen Schritten, dabei war es ein stabiles Haus, er hatte beim Bau mitangepackt, um Geld zu sparen. Barbara lag auf der Seite, ihre Augenlider flatterten.

»Dein Verehrer ist da. Mit Blumen.«

Sie stützte sich auf dem Ellbogen ab. »Wer?«

Herr Schmidt tat, als müsste er überlegen. Vielleicht ein bisschen zu lange, es wurde langsam albern. »Wie hieß er doch gleich. Harry.«

»Wer?« Sie log zu ungeschickt.

»Als ob du es vergessen hast.«

»Ach!« Barbaras bläuliche Wangen färbten sich rosa. »Wirklich? Was macht er hier?«

Sie errötete tatsächlich. Fort war sein schlechtes Gewissen. Du bist eine alte Frau, wollte Herr Schmidt ihr ins Gesicht sagen, reiß dich zusammen. Er kaute auf den Worten herum, doch schon richtete sich Barbara mühsam auf und machte sich mit schlurfenden

Schritten an ihm vorbei auf den Weg ins Bad. Mach dich nur schön, wollte Herr Schmidt ihr hinterherrufen, wird dir auch nicht mehr helfen, sieh dich doch an. Sein Zorn brannte ihm in der Kehle, die letzte Zeit hatte ihn so zahm gemacht, dass er sich selbst nicht mehr wiedererkannte.

»Was ist mit dir?« Barbara hatte die Badezimmertür offen gelassen. Sie stand vor dem Spiegel und fuhr sich mit einer Bürste über das vom vielen Liegen platt gedrückte Haar, strich es glatt, wirbelte es wieder durcheinander. Jetzt Lippenstift, dachte Herr Schmidt. Wimperntusche. Sonst noch was? Was machen die Weiber noch drauf? Parfum? Sie legte die Bürste ins Regal und drehte sich zu ihm. Kein Lippenstift. Die Lippen blieben bläulich. Sie zog den Gürtel des Bademantels fester und versuchte, an Herrn Schmidt vorbeizukommen.

»Walter, lass mich doch mal durch.«

»So willst du runter?«

»Was stimmt denn nicht?«

Herr Schmidt atmete aus und trat einen Schritt zur Seite. »Stimmt alles. Geh.«

Er sah von oben zu, wie Barbara ruckartig und langsam die Treppe runterstieg. Dann folgte die Begrüßung, das Lachen, das Rascheln des Papiers. »Was machst du bloß für einen Quatsch, Harry. Kommst einfach so vorbei. So ein riesiger Blumenstrauß. Was möchtest du trinken?« Ihre Stimme klang fast wie früher. Jetzt bediente sie ihn auch noch, wo sie sich sonst kaum auf den Beinen halten konnte. Herr Schmidt lauschte angestrengt, konnte aber nicht verstehen, worüber sie sprachen. Er ging hinunter, schön am Wohnzimmer vorbei, hinaus in den Garten, blickte immer wieder zum Fenster. Drehte den Schlauch auf, wässerte Barbaras Blumen ein wenig, damit die beiden bloß nicht auf die Idee kamen, dass er sie belauschte. Man sah fast nichts, nur vage Umrisse. Das Fenster war angelehnt, aber es war hoffnungslos, irgendwas von ihrem Gespräch aufzuschnappen. Er stellte das Wasser ab, rieb sich die Hände an der Hose trocken, ging wieder ins Haus und hörte Barbara seinen Namen rufen.

»Jetzt brauchst du mich?« Er baute sich in der Tür auf. Die beiden saßen sich schräg gegenüber. Harrys Hände auf dem Tisch, Barbaras im Schoß gefaltet. Ihre Augen leuchteten. Wegen Herrn Schmidt hatten sie nie geleuchtet.

»Setz dich doch zu uns«, sagte sie.

»Ja, Walter, komm.« Harry klopfte auf den Stuhl neben sich, als wäre er hier der Hausherr.

»Wollt ihr Kaffee?«, fragte Herr Schmidt heiser.

Sie wollten nichts.

Herr Schmidt zierte sich nicht länger und setzte sich dazu, so, dass er keinen von ihnen direkt ansehen musste. Seine Anwesenheit schien jede Lebendigkeit aus ihrem Gespräch zu vertreiben. Er drehte sich zu Harry.

»Hast dich lange nicht mehr blicken lassen.«

»Hab hier niemanden mehr.« Harrys Lächeln war genauso entwaffnend wie damals, als er vergeblich darauf gehofft hatte, dass es ihm die Prügel ersparen würde.

»Und warum bist du jetzt hier?«

»Hatte in Frankfurt zu tun.«

»Sind nur fünfzehn Minuten mit der S-Bahn«, sagte Herr Schmidt.

»Eben.«

»Mit dem Auto länger, wenn die Autobahn voll ist.«

»Ich hab kein Auto.«

»Warum hast du kein Auto? Ich dachte, du bist Professor.«

Harry lächelte. »Hab keinen Führerschein.«

»Das passt«, sagte Herr Schmidt. »Warum trittst du mich, Frau?«

»Walter!«

»War erst zu kurzsichtig«, erklärte Harry gutmütig. »Hab mir irgendwann die Augen lasern lassen, war dann aber eh zu spät dran für einen Führerschein. Man kommt auch so überall hin.«

»Trägst doch eine Brille.«

»Ja. Und sehe trotzdem nix.«

Es war wie früher, alles prallte an ihm ab. Der

Blumenstrauß lag zwischen ihnen, bunt und schwer, als hätte Barbara keine eigenen Blumen im Garten.

»Die müssen ins Wasser«, sagte Herr Schmidt.

»So eine große Vase haben wir gar nicht«, meinte Barbara.

»Ich geh mal suchen.«

»Jetzt bleib doch ein bisschen bei uns sitzen, Walter.«

»Bei uns?«, wiederholte er in Barbaras Richtung. Er schob die Blumen aus dem Weg. Barbaras Hand streckte sich nach seiner, schon verschränkten sich ihre Finger auf der Tischplatte. Auch Harry sah hin, als hätte er noch nie zwei alte Leute sich an den Händen halten sehen.

»Und du bist immer noch Professor?« Dass Harry von dieser Geste so gebannt war, verschaffte Herrn Schmidt eine kleine Genugtuung.

»Nein. Zu alt.«

»Brauchen dich wohl nicht mehr.«

»So isses.«

»Aber du schreibst doch Bücher«, sagte Barbara.

»Ich sag's euch, wie's ist: Inzwischen kann ich meinen jüngeren Kollegen nur noch mit Mühe folgen.«

»Hör nicht auf ihn, Walter, er ist zu bescheiden.«

Herr Schmidt wollte Barbaras Hand sofort wieder loslassen, aber sie hielt ihn mit einer Kraft fest, die er ihr nicht mehr zugetraut hätte.

»Hab dich neulich in dieser Talkshow gesehen und

fast gar nicht erkannt«, sagte Herr Schmidt. »Du hast klug dahergeredet.«

»Für Geld mach ich alles.« Wie früher wusste man bei Harry nicht, was ernst gemeint und was mal wieder ein blöder Scherz war.

Barbaras Hand glitt aus Herrn Schmidts Fingern. »Ich leg mich mal wieder hin«, flüsterte sie.

»Was ist mit dir?«

»Nichts. Bisschen müde.« Sie richtete sich auf, stützte sich dabei auf der Stuhllehne ab. »Ich lass euch mal alleine.«

Herr Schmidt sprang ungeschickt auf, stieß sich dabei die Hüfte an der Tischplatte. Mit der einen Hand hielt er sich am Tisch fest, mit der anderen stützte er Barbara, Harry half ihr auf der anderen Seite. Zum Glück nahm der Kerl seine Pfoten gleich wieder weg. Herr Schmidt legte Barbara den rechten Arm um die Taille, hielt zugleich mit der linken Hand ihre Linke fest. Ihre Rechte brauchte sie fürs Geländer. Wenn sie jetzt ausrutscht und wir vor Harrys Augen gemeinsam stürzen, ist alles vorbei, dachte Herr Schmidt. Aber sie schafften es irgendwie nach oben, und er führte Barbara ins Schlafzimmer, half ihr aus dem Bademantel. Als er diesen über die Sessellehne geworfen hatte, lag sie schon, er musste sie nur noch zudecken.

»Was ist mit dir?«, wiederholte er.

»Bisschen müde.«

»Du hast bestimmt Hunger.«

»Wir haben doch grad gegessen. Später bestimmt.«

Herr Schmidt akzeptierte die Lüge.

Harry saß immer noch so da, wie sie ihn zurückgelassen hatten, und streichelte den Hund. Helmut stupste mit der Schnauze die bunten Turnschuhe an, sie schienen auch ihn zu irritieren. Herr Schmidt setzte sich Harry gegenüber.

»Was ist mit dir?«

Harry wischte sich mit dem Handrücken über die Augen. »Verzeih.«

»Ich hab nichts zu verzeihen.« Herr Schmidt klatschte mit der flachen Hand gegen sein Knie, um den Hund zu sich zu rufen, und Helmut folgte sofort. »Heul nicht. Du hast bestimmt ein gutes Leben, seit du hier weg bist.«

»Kann nicht klagen.« Der Kerl heulte einfach weiter, wie ein Mädchen, ohne eine Spur von Verlegenheit. Dass er dabei lächelte, ließ ihn irre aussehen.

»Bei dir ist doch am Ende alles gut gelaufen«, sagte Herr Schmidt, dem nichts Tröstenderes einfiel. »Frau, Kinder.«

»Ja, schon.«

»Wie viele Frauen?«

»Zwei. Also jetzt die zweite. Meredith ist vor fünfzehn Jahren gegangen.«

»Wohin?«

Harry sagte nichts.

»Wie nennst du sie noch mal?«

»Meredith. Sie war Amerikanerin.«

»Na klar.«

»Wir haben … hatten … einen Sohn. Also den gibt's natürlich immer noch. Jetzt hab ich noch zwei Stieftöchter von meiner zweiten Frau.«

»Auch Amerikanerin?«

»Nein. Sie ist aus der Schweiz.«

»Aha.«

Harry schniefte weiter. Herr Schmidt langte in die Hosentasche, zog ein kariertes Taschentuch hervor, noch gefaltet, sauber. Harry nahm es etwas ratlos entgegen und betrachtete es von allen Seiten. »Da ist ja dein Monogramm drauf.«

»Hat Barbara gestickt. Sie hatte viel Zeit früher.«

Harry schnäuzte sich direkt aufs Monogramm, faltete das Taschentuch wieder.

»Walter«, setzte er an und verstummte für eine gefühlte Ewigkeit.

»Was?«

»Es tut mir so leid.«

»Was tut dir leid?« Herr Schmidt blickte widerwillig in Harrys blaue Augen, ein wenig wie Barbaras, kindlich, ahnungslos. »Ach, ich will es nicht wissen«, sagte er.

»Was willst du nicht wissen?«, fragte Harry ratlos.

»Wofür du dich entschuldigst.«

»Ich entschuldige mich doch gar nicht.«

»Was soll das Ganze dann?«

Harry blinzelte irritiert.

»Deine albernen Postkarten von überall«, half Herr Schmidt ihm auf die Sprünge. »Kalifornien. Singapur. Was soll das?«

»Stimmt.« Harrys Gesicht hellte sich plötzlich auf. »Ich hätte mehr schreiben sollen. Das meinst du doch?«

»Ganz bestimmt nicht.«

Herr Schmidt gab das Gespräch auf. Jetzt saßen sie schweigend da, je eine Hand auf dem Tisch, die andere im Schoß, wie gespiegelt, so unterschiedlich sie auch waren.

»Ich weiß nicht, wann ich wieder vorbeikommen kann«, sagte Harry nach einer Pause. »Ich lass dir meine Handynummer da. Bitte sag mir sofort Bescheid.«

»Wir kommen zurecht«, sagte Herr Schmidt, aber Harry hatte schon eine Visitenkarte hervorgeholt und sie zwischen Herrn Schmidts Finger geschoben. »Meld dich sofort, Walter, ja?«

»Was soll schon werden.« Herr Schmidt schob die Karte unter das Spitzendeckchen, das auf dem Tischtuch lag.

»Versprich es mir.«

»Reiß dich zusammen.«

Harry lächelte schief und erhob sich. »Du hast dich gar nicht verändert, Walter.«

»Ach was.«

»Barbara hat erzählt, du kümmerst dich die ganze Zeit.«

»Ach was.«

Harry klopfte ihm mit einer ungelenken Geste auf den Rücken. »Die Blumen müssten tatsächlich ins Wasser.«

»Ich weiß, was man mit Blumen macht.«

Anstatt die Tür hinter ihm zuzuknallen, blieb Herr Schmidt noch eine Weile an der Schwelle stehen. Harry hatte das Grundstück bereits verlassen, war nach links abgebogen, zu Fuß, beschwingt, als hätte er hier nicht gerade rumgeheult. Von hinten hätte man ihn fast für einen jungen Mann halten können. Die Sonne spielte in seinem silbernen Schopf. Wo wollte er hin, ohne Auto? Zum Bahnhof?

»Soll ich dich fahren?«, rief ihm Herr Schmidt heiser nach, aber Harry war bereits zu weit weg und vielleicht auch einfach zu schwerhörig.

*

Hinter der Bäckereitheke stand ein junger Mann in weißem Kittel. Herr Schmidt runzelte die Stirn. »Nee«, sagte er. »Das geht nicht. Wo ist sie?«

»Wie bitte?«

»Wo ist die Dicke mit den blauen Haaren?«

In der Schlange hinter ihm wurde verächtlich geschnaubt.

»Ich hab meine Brötchen immer bei ihr gekauft«, sagte Herr Schmidt, ohne sich nach dem Schnauber umzudrehen.

Der junge Mann schaute wie Helmut, demütig und hingebungsvoll, vielleicht nicht ganz so schlau. »Entschuldigung, ich bin neu hier.«

»Das sehe ich. Wo ist die alte?« Selbst Herrn Schmidts Engelsgeduld war irgendwann erschöpft.

»Ich kann mich beim Chef erkundigen.«

»Mach das.«

»Kann ich Sie erst bedienen?«

»Von dir lass ich mich nicht bedienen.«

»Ich lass mich gern bedienen«, kam es von hinten. Herr Schmidt drehte den Kopf und entdeckte hinter sich ein Paar Lackschuhe. Mehr brauchte er nicht zu wissen.

»Das ist einfach nicht in Ordnung, was Sie hier veranstalten«, legte die Stimme nach.

»Hab ich dich gefragt?« Herr Schmidt war milde gestimmt, er trat sogar zur Seite, um dem Quengeln des Lackschuhkerls ein Ende zu bereiten und ihn Cappuccino und Frischkäse-Bagel bestellen zu lassen. Der Neue schwitzte an der Kaffeemaschine. Vom Körnchen Salz wusste er garantiert nichts. Als die Lackschuhe wieder abzogen, wandte er sich unglücklich Herrn Schmidt zu.

»Jetzt ruf schon an.«

Der Junge verschwand im Innenraum und kam wenige Minuten später zurück.

»Sie arbeitet nicht mehr hier.«

»Das geht nicht.«

»Tut mir leid, ich muss jetzt die Brötchen aufbacken.«

»Ist sie rausgeschmissen worden?«

»Kann ich Ihnen nicht sagen.«

»Hat sie was geklaut?«

Der Junge schwitzte.

»Hast du ihre Nummer?« Herr Schmidt winkte schon ab. »Natürlich hast du sie nicht.« Beim Hinausgehen hätte er gern mit der Tür geknallt, doch die schwang langsam und geschmeidig zurück und ließ lediglich das Glöckchen erbimmeln.

Zu Hause saß Barbara am Computer. Fast hätte Herr Schmidt sie angeschnauzt, dass sie die Hände von seinen Sachen lassen sollte. Er hatte vergessen, dass es eigentlich ihr Computer war. Das Facebook-Profil, in dem sie gerade herumlas, war streng genommen auch ihres.

»Was machst du?« Sein Herz klopfte. Konnte sie Lydias Nachrichten lesen? Seine Fragen zum Kartoffelbrei? Er fühlte sich wie in einem dieser Albträume, in dem man plötzlich am helllichten Tag ohne Hose auf dem Marktplatz steht.

»Was liest du?«

Sie tippte irgendwas.

»Wem schreibst du?«

»Warum antwortest du Medinski nicht?«, fragte sie zurück.

»Wem?«

»Ach komm.«

Sie hatte es also gelesen. Er beugte sich über ihre Schulter. Sie zeigte auf ein Kästchen auf dem Bildschirm. Ihm flimmerte es vor Augen.

Lieber Walter, was Sie zur Verwendung von Sauerkraut schreiben, ist durchaus interessant. Bitte teilen Sie mir Ihre Nummer mit, mein Team wird sich mit Ihnen in Verbindung setzen.

»Warum gibst du ihm nicht deine Nummer?«

»Das kann nicht sein.« Er beugte sich noch weiter vor, ihr Haar kitzelte an seiner Nase, er drückte seine Wange gegen ihre Schläfe, an der eine Ader pulsierte. Sie schien zu versteinern, als wäre er ein Ungeheuer und nicht ihr Ehemann. Er trat zurück, gab ihr Luft zum Atmen.

»Ich schreib ihm unsere Nummer auf, ja?«

»Niemals«, sagte er brüsk.

»Er ist berühmt, Walter.«

»Juckt's mich?«

»Du bist unhöflich.«

»Ach was.«

Barbara zuckte mit den Schultern. Von schräg oben, vor dem großen Computer, sah sie aus wie ein Kind.

Kein Wunder, dass sie schrumpfte, sie aß ja auch nichts. Er legte gedankenlos eine Hand auf ihren Kopf, das weiche Haar, die warme Kopfhaut. Im nächsten Moment erschrak er über sich selbst und zog die Hand wieder zurück. Barbara aber griff nach hinten, nach seinen Fingern und legte sie an ihre Wange. Herr Schmidt hielt die Luft an, er wollte jetzt nichts falsch machen. Seine Finger waren zu grob, schon immer gewesen. Barbaras Wange war zart. Als sie damals gerade miteinander angefangen hatten und sie etwas gut gemacht hatte, hatte er ihr lobend die Wange gestreichelt und dabei meist verschreckte Blicke aus weit aufgerissenen Augen geerntet.

»Ich leg mich wieder hin.« Ohne ihn anzusehen, rappelte sie sich auf.

»Du musst einfach etwas …«

»Später vielleicht«, unterbrach sie ihn.

Er brachte sie ins Bett und kehrte vor den Computer zurück, setzte sich auf den vorgewärmten Platz und suchte nach den Nachrichten in ihrem Profil. Warum hatte er eigentlich nie überprüft, wem sie schon alles geschrieben hatte? Es hatte ihn wohl einfach nicht interessiert – dabei war es ja durchaus möglich, dass sie sich regelmäßig mit Harry austauschte. Jedenfalls sah Harry aus wie jemand, der so etwas tun würde. Allerdings war Herr Schmidt ja selbst nicht besser: Gerade ging er zum Beispiel auf Lydias Seite, sah Fotos von Blumen und Kindern, bestimmt ihre Enkel, außerdem Videos mit Marschmusik und Herrenchören, die nicht auf Deutsch sangen.

Und hier war eine neue Nachricht, die er wohl schon eine Weile übersehen hatte. Lydia bedankte sich für den Kaffee und freute sich auf ein Wiedersehen. Hatte sie den Verstand verloren? Was, wenn Barbara das gesehen hatte? Woran konnte er erkennen, ob Barbara die Nachricht gelesen hatte? Er klickte noch mal und stieß auf die Nachricht von Medinski, von der Barbara gesprochen hatte.

Mein Team wird sich bei Ihnen melden.

Hab ich drum gebeten?, tippte Herr Schmidt. Er klickte den Kasten wieder weg und wollte sich in Ruhe ein paar Kochvideos anschauen, da piepte es. Medinski hatte sofort geantwortet: *Wie geht's eigentlich Barbara?*

Was geht dich das an? Herrn Schmidts Finger waren schneller als seine Gedanken. Er lehnte sich zurück und verspürte auf einmal etwas wie Bedauern. Medinski war ein anständiger Mann, der hart arbeitete und sich bemühte, vernünftig zu kochen und es anderen beizubringen. Daran war nichts verkehrt. Herr Schmidt versuchte, seine pampige Antwort zu löschen, ergänzte sie dabei aber bloß um eine konfuse Kombination aus Buchstaben und Satzzeichen. Medinski musste ihn nun für geistesgestört halten.

Ich weiß nicht genau, wie es Barbara geht, tippte

Herrn Schmidts Zeigefinger dem Zeichensalat hinterher. *Sie sagt es mir ja nicht.*

Die Antwort kam wieder prompt. *Was sagt der Arzt?*

Woher soll ich das wissen? Sie war mit den Kindern dort.

Haben Sie nicht gefragt?

Wir sind nicht so Leute, die sich ständig Dinge fragen. Sie hätte schon was gesagt, wenn sie gewollt hätte.

Medinski schien diesmal länger zu überlegen, was Herrn Schmidt verunsicherte.

Oder, Medinski? Hätte sie doch?

Wie lange sind Sie schon verheiratet?, fragte Medinski.

Ewig, tippte Herr Schmidt und rechnete im Kopf nach. *52 Jahre. Wir hatten vor zwei Jahren unsere goldene Hochzeit.*

Herzlichen Glückwunsch, das ist beeindruckend.

Ich musste sie heiraten, weil ein Kind unterwegs war, tippte Herr Schmidt. *Ich weiß nicht, ob ich sie sonst geheiratet hätte, sie war nicht die erste Wahl. Meine Mutter hat sie gehasst, wir waren selbst Zugezogene, hatten hier nur langsam Fuß gefasst. Auf dem Dorf bleibt man lange fremd, und dann noch so eine Ehefrau, vor Leuten wie ihr waren wir doch geflohen. Das ist heute alles anders, die Leute nehmen sich Frauen aus aller Welt und keinen juckt's. Und ehrlich, Medinski,*

Barbara war geeignet als Frau, schüchtern, blond. Außerdem musste ich. Bist du auch verheiratet?

Seit vierzig Jahren.

Das ist gut. Isst deine Frau anständig?

Kann man so sagen.

Meine isst nicht mehr. Hat praktisch damit aufgehört. Ich reiß mir hier den Arsch auf, gehe auf den Markt, frische Kräuter, dies und das, aber sie stochert nur herum. Was soll ich ihr sonst noch kochen?

Was isst sie denn gern?

Ich sag doch, gar nichts mehr.

Tut ihr vielleicht der Mund weh, müssen die Sachen püriert werden? Medinskis Antworten ploppten schneller, als Herr Schmidt seine Beiträge abschickte.

Was redest du für einen Unsinn, sie ist kein Säugling.

Ich hab mal im Altersheim gekocht, schrieb Medinski, *der Geschmack der Leute ändert sich im Alter, man muss weiche Sachen anbieten, anders würzen.*

Wir sind hier nicht im Altersheim, wir sind normale Leute. Herr Schmidt suchte das Ausrufezeichen und fand es nicht. *Sie ziert sich halt. Vielleicht rächt sie sich jetzt für alles, was ich gemacht habe. Früher. Ich war kein Netter, Medinski. Damals hat sie nichts gesagt, aber jetzt lässt sie mich alles ausbaden. Verstehst du?*

Herr Schmidt wartete auf eine Reaktion, den Finger auf der Tastatur.

Verstehst du, Medinski?

Stille.

Verstehst du?

Er hätte es sich sparen können, Medinski antwortete nicht mehr. Er war verschwunden, einfach weg, was interessierte ihn auch Herrn Schmidts Leben.

*

Vor dem gräulichen Betonblock stand eine Bank, auf der eine alte Frau mit Kopftuch saß. Sie schien hier immer zu sitzen, jedenfalls, wenn es nicht gerade regnete. Und geregnet hatte es in letzter Zeit nur einmal und zu kurz, der Sommer ignorierte den Jahresrhythmus und wollte einfach nicht enden. Herr Schmidt war in den letzten Tagen immer wieder hier vorbeigelaufen und hatte dabei die respektvollen Blicke genossen, die Helmut galten. Er setzte sich neben die alte Frau. Sie würdigte ihn keines Blickes. Helmut kroch unter die Bank.

Herr Schmidt blieb lange, er hatte Zeit. Das Mittagessen war vorbereitet, er müsste nur schnell die Nudeln kochen. Eine Zeitung oder ein Kreuzworträtsel wären jetzt gut gewesen. Er blickte geradeaus, auf den welkenden Rasen und eine angerostete Schaukel. Keines seiner Kinder hätte er jemals auf so etwas schaukeln lassen. Er überlegte, ob er die alte Frau ansprechen sollte, aber wahrscheinlich konnte sie kein Deutsch. Normalerweise waren es Weiber, die Gespräche begannen. Er respektierte das komplette Desinteresse der Frau an seiner Person.

»Was machen Sie denn hier?«

Er hätte sie fast nicht erkannt, ohne Schürze, die Kapuze über den blauen Haaren, nicht einmal so dick, wie er sie in Erinnerung hatte.

»Ich warte auf dich.«

»Hä?«

Helmut begrüßte das Mädchen wie eine alte Bekannte. Sie ging in die Hocke und erdreistete sich, den Hund ausgiebig zu kraulen. Herr Schmidt beschloss, nicht länger um den heißen Brei herumzureden. »Ich dachte, es wäre genug Wäsche da. Es gab frische Stapel in drei Schränken.«

»Was?«

»Ich hab auch gewaschen. Zwei- oder dreimal. Aber man muss ja noch aufhängen. Und das Bett ist gar nicht abgezogen. Barbara war früher so sauber.«

»Was erzählen Sie da?«

»Du treibst dich herum, hast keine Arbeit. Das ist schlecht für dich.«

Das Mädchen richtete sich auf, blickte jetzt von oben auf ihn herab. »Was wollen Sie mir eigentlich sagen?«

»Hab ich doch gerade erklärt.« Er schaute zu ihr hoch.

»Moment, haben Sie Barbara gesagt?«

»Barbara ist meine Frau. Sie isst nichts mehr. Na ja, fast.«

»*Die* Barbara ist Ihre Frau?«

Warum wiederholte sie jetzt alles? Sie ließ sich auf die Bank fallen, zwischen ihn und die stumme Kopftuchfrau, und nahm endlich die vermaledeite Kapuze ab. »Sie sind Barbaras Mann, der aus dem Internet?«

»Barbara ist meine Frau.«

»Sie wissen schon, dass Sie ein bisschen berühmt sind?«

»Unsinn.«

»Nein, wirklich. Auf Facebook werden Screenshots mit Ihren Fragen geteilt.«

Er hatte keine Ahnung, was sie von ihm wollte. »Kommst du jetzt oder nicht?«

Sie schlug sich in gespielter Verzweiflung die Hände vors Gesicht. »Wohin?«

Er holte tief Luft. Man musste es ihr stückchenweise verklickern, sie war wohl wirklich nicht besonders schnell im Kopf. Andererseits hatte auch sie anfangs Rücksicht auf ihn genommen und ihm die Kochrezepte so erklärt, dass er folgen konnte. Er schuldete ihr ein wenig Geduld.

»Ich zahle dir zwanzig Euro die Stunde. Schwarz auf die Hand.«

»Zwanzig Euro?«

»Kannst du überhaupt waschen und putzen?« Die Absurdität seines Plans wurde ihm schlagartig klar, als er die Augen zusammenkniff und die Flecken auf ihrem Pulli sah. Die Haare sahen fettig und ungekämmt aus.

»Ich putz wie der Teufel«, sagte sie stolz.

»Ich wohne in der Akazienstraße 6.«

»Ich weiß, wo Sie wohnen. Jeder hier weiß es.«

*

Erst bei ihrer ersten Schicht erfuhr er, dass sie Luna hieß. Herr Schmidt hatte nicht vor, sie bei diesem seltsamen Namen zu nennen.

»Was haben sich deine Eltern dabei gedacht?«

»Nennen Sie mich, wie Sie wollen.«

»Ich nenne dich Heike.«

»Meinetwegen.« Sie blickte etwas angewidert drein.

Die Frage war, wie er es Barbara sagen sollte. Deswegen sagte er es ihr gar nicht. Als das Mädchen nach einer kurzen Inspektion wieder abzog, um Putzzeug und Waschmittel zu kaufen, steckte er ihm einen Schlüssel zu, um Barbara nicht unnötig hellhörig zu machen.

Barbara verließ in diesen Tagen das Schlafzimmer nicht, er trug ihr Apfelmus mit Sahne hoch und löcherte sie mit Fragen nach weiteren Wünschen. Sie hatte keine. Eine Woche später fragte Barbara leise, wer das Mädchen mit den blauen Haaren sei und warum es nie reinkomme, um Guten Tag zu sagen. Herr Schmidt fühlte sich ertappt, dabei hatte er doch nur versucht, alles richtig zu machen. Er hätte ja auch einfach Lydia einladen können. Oder Hanne. Aber das sagte er Barbara natürlich nicht.

»Hättest sowieso längst Hilfe holen sollen«, sagte Barbara.

Er blinzelte überrascht.

»Du hast mir doch schon vor Jahren gesagt: Wenn ich vor dir sterbe, holst du dir sofort eine Frau zum Kochen ins Haus«, murmelte sie.

»Nie im Leben habe ich so etwas gesagt.«

Barbara sah kopfschüttelnd aus dem Fenster, der wilde Wein, dessen Reben unentwegt ins Zimmer zu kriechen versuchten, war schon hier und da rot geworden, der Rasen hingegen leuchtete noch sattgrün, und zwar nur bei ihm. Da sollten die Nachbarn vor Neid selbst gelb und trocken werden. Die Birnen dagegen waren klein und grün geblieben, wahrscheinlich würden sie in diesem Jahr nichts werden.

»Und wenn ich zuerst tot umfallen würde, würdest du Harry holen?«, fragte er.

»Was redest du da? Was ist jetzt schon wieder los?«

»Für wie blöd haltet ihr mich?«

Er dachte, er hätte sich an Harrys neuerdings regelmäßige Besuche gewöhnt, die Blumensträuße, das gemeinsame Rumsitzen. Eigentlich verbrachte Harry dabei mehr Zeit mit Herrn Schmidt als mit Barbara, aber das lag nur daran, dass sie auch während seiner Besuche viel schlief. Herr Schmidt fand es in Ordnung, wenn Harry sich mit der wachen

Barbara unterhielt, konnte es aber nicht ab, wenn er bei ihr saß, während sie schlief. Er winkte ihn dann aus dem Schlafzimmer, gab ihm ein Bier oder ein Stück Kuchen, und Harry erzählte von seinen Jahren in Amerika und von seinem Sohn in Shanghai. Wenn man ihn nicht stoppte, konnte das endlos gehen. Herr Schmidt fragte sich, wie ein Mann so geschwätzig sein konnte. Manchmal kam es ihm auch vor, als spiele Harry mit jedem Satz auf Barbara an, obwohl sie weder mit Amerika noch mit China etwas am Hut hatte. Wollte er Herrn Schmidt die Schuld dafür geben, dass sie so wenig gereist war?

Während Harry erzählte, döste Herr Schmidt meist in seinem Sessel. Wenn er dann ausgeruht die Augen aufschlug, fand er Harry wiederum schlafend vor.

Der Besucherstrom setzte ihm zu. Fast täglich klingelte jemand an der Tür. Außer Harry kamen, allerdings jeweils nur ein einziges Mal, auch zwei, drei andere frühere Mitschüler vorbei, die Herr Schmidt seit dem Zeugnistag nicht mehr gesehen hatte, obwohl sie im gleichen Ort lebten. Heinrich zum Beispiel, was Herrn Schmidt völlig kaltließ, obwohl er wusste, dass Barbara ausgerechnet mit Heinrich zu Schulzeiten mal ein Techtelmechtel gehabt hatte. Heinrich war nicht Harry, heulte aber genauso rum.

*

Sebastian kam wie stets ohne Vorwarnung und war gleich in ihrer ersten Woche mit Heike zusammengestoßen. »Wo hast du die denn her?«, fragte er Herrn Schmidt, der gerade Karotten für einen Rüblikuchen rieb.

»Von der Straße«, antwortete Herr Schmidt wahrheitsgemäß und präzisierte sogleich: »Aus der Bäckerei. Heißt Heike.«

»Hättest ruhig was sagen können.« Sebastian langte mit ungewaschenen Fingern in die Schüssel mit den geriebenen Karotten und grabschte sich eine Handvoll.

Herr Schmidt schlug ihm auf den Handrücken. »Das ist alles abgemessen.«

»Jetzt sei doch nicht so.«

Sebastian setzte sich rittlings auf einen Küchenstuhl und beobachtete Herrn Schmidt mit hängender Unterlippe. Herr Schmidt nahm eine kleinere Schüssel aus dem Schrank, häufte einige Raspel hinein und schob sie seinem Sohn zu. Sebastian pickte darin herum, Herr Schmidt konnte gar nicht hinsehen, prompt hobelte er sich einen Hautfetzen vom Zeigefinger.

»Wo ist der Junge?«, fragte er, die blutende Kuppe unters Wasser haltend.

»Bei seiner Mutter.«

»Wie ist es?«

»Wie ist was? Ohne Frau und Sohn zu sein?«

»Ja.«

»Wie soll es schon sein.« Sebastian leckte sich die Karottenraspel von den Fingern. »Aber dieses Wochenende hab ich ihn.«

»Du nimmst ihm Karottenkuchen mit.«

»Danke, Vater, das macht alles so viel besser.«

Abends, wenn das abgetrocknete Geschirr an seinem Platz stand und Heike nach Hause gegangen war, setzte sich Herr Schmidt an den Computer und schrieb an Medinski. Manchmal hatte er das Gefühl, dass Medinski der Einzige war, der ihn überhaupt verstand.

Sie will jetzt nur noch Kuchen, tippte er. *Ich habe ihr Nusskuchen gemacht, weil der nahrhaft ist, den hat sie gegessen. Kleine Stücke, aber immerhin. Heute Rübli, wegen der Vitamine. Hat anderthalb Scheiben gegessen, über den Tag verteilt. Isst jetzt wie ein Kind. Das ist doch auch nichts Richtiges. Ich hab hier riesige Zucchini im Garten, was soll ich damit?*

Medinski antwortete selten, was nicht gegen ihn sprach: Herr Schmidt respektierte es, wenn Leute beschäftigt waren. Wenn Medinski mal antwortete, dann auf den Punkt: *Schon mal Zucchinikuchen probiert?*

Ich hab sechs Sorten Kuchen in der Tiefkühltruhe, weil ich ihr nicht die ganze Zeit den gleichen geben will, mach deswegen immer wieder was Neues. Bin selbst schon ganz fett geworden.

Das mit der Tiefkühltruhe war gelogen. Herr Schmidt fror nichts ein. Er wickelte die übrig gebliebenen Kuchen in Folie und reihte sie auf der Arbeitsfläche auf.

»Das nimmst du mit nach Hause«, sagte er zu Heike, die sowieso öfter als nötig in der Küche vorbeikam und dabei immer etwas kaute. Bei ihm würde sie sicher nicht abnehmen.

»Ich hab noch den von gestern.«

»Dann gib's halt jemandem.«

»Sie sollten ihn selbst verteilen. Haben Sie keine Freunde?« Alles, was sie sagte, klang pampig, aber sie putzte gut. Die Stapel aus sauberen Unterhemden und Unterhosen waren wie von selbst gewachsen. Aus den Schränken flogen keine Mehlmotten mehr und die Schuhsohlen klebten nicht mehr am Küchenboden fest. Sie schimpfte, wenn er mit Straßenschuhen durchs Haus lief, als wäre es nicht seines und als wäre sie hier die Hausfrau. Er hätte ihr sagen können, dass es ab einem bestimmten Alter keinen Spaß mehr machte, die Schuhe auszuziehen. Aber das würde sie schon irgendwann von allein herausfinden.

*

Es waren mittlerweile viele Donnerstage vergangen, an denen er auf den Wandkalender geschaut und einen Seufzer unterdrückt hatte. Doch im Oktober kam einer, an dem Herr Schmidt, ohne nachzudenken, die Bowlingbahn betrat und auf den gewohnten Tisch zuging. Die Männer strahlten bei seinem Anblick. Sie standen nacheinander auf, um ihm die Hand zu schütteln und ihn auf seinen Stammplatz an der Wand vorzulassen. Am Rand durften diejenigen sitzen, die öfter zur Toilette mussten.

»Dich gibt's ja gar nicht mehr.«

»Unsinn. War doch fast immer da«, sagte Herr Schmidt albern.

»Haben schon vergessen, wie du aussiehst.«

»Hab doch nur letzte Woche gefehlt.«

»Zählen kann er auch nicht mehr.«

»Führt ihr Buch?« Er setzte sich. »Ihr seid alt geworden.«

»Und du fett.«

»Und was gibt's sonst?« Er sah in ihre grinsenden Gesichter. Sie hatten ihn doch nicht etwa vermisst?

Schon die letzten Male im Winter, als er noch dabei gewesen war und nicht die ganze Zeit an Barbara denken musste, hatten sie zwar eine Bahn reserviert und bezahlt, aber keiner der anderen drei hatte die Kugel in die Hand genommen. John hatte es seit Monaten mit der Schulter, was als schwache Ausrede verspottet wurde, doch aus Solidarität blieben meist auch die anderen sitzen. Nur Herr Schmidt hatte ungeniert einen Strike nach dem anderen geworfen.

Er erinnerte sich, wie damals ein letzter Pin erst stehen geblieben war und er sich plötzlich selbst in diesem letzten aufrecht stehenden Pin gesehen hatte, bis auch dieser umkippte.

Herr Schmidt hatte Angst vor dem Schweigen der Männer, aber mehr noch vor den Fragen. Er erinnerte sich, wie sie damals, wenige Tage nachdem Klaus' Frau gestorben war, an diesem Tisch beieinandergesessen hatten, schweigend, eine Stunde lang. Die Beerdigung war schrecklich gewesen, Herr Schmidt, in der letzten Reihe, hatte sich nicht wie die anderen nach vorn drängen wollen, Barbara weinend an seiner Seite. Er hatte ihr verboten, Klaus mit Selbstgekochtem zu besuchen, meinte, Klaus würde sich schon melden, wenn er etwas brauchte, er sei ein erwachsener Mann. Und tatsächlich hatte Klaus damals beteuert, dass er nichts brauche, er habe ja die Polin, die seine Frau zuletzt gepflegt hatte. Auch in der Woche nach der Beerdigung war er wieder zum Bowlen gekommen, hatte dann allerdings bloß reglos vor seinem Bier gesessen und nicht auf Ansprache reagiert. »Du musst dich rasieren, wenn du unter Leute gehst«, hatte Günther damals zu Klaus gesagt. Günther hatte es mit der Mode, schon als junger Mann, Lederjacke, Haargel. Zwei Wochen später war Klaus wieder glatt rasiert, trug ein frisches Hemd und spielte sogar wieder, präzise und gnadenlos. Die Polin war immer noch da. Manchmal sah man sie zusammen auf dem Markt. Die Leute im Ort sagten, er hätte mit ihr wegziehen sollen.

Bernd brachte den Sauergespritzten und donnerte den Krug vor Herrn Schmidt auf den Tisch.

»Der kann mich nicht leiden«, sagte Herr Schmidt und wischte die Spritzer mit dem Ärmel auf. »Was hab ich ihm getan?«

»Als ob du es nicht weißt«, sagte Klaus.

»Ich hab ihm nichts getan.«

»Ihm nicht«, sagte Günther.

»Niemandem hab ich was getan.«

»Reg dich ab.«

»Ich hab Hanne nie was versprochen. Ich hatte Barbara.«

Tief in seinem Innern kitzelte die Genugtuung. Hanne gehörte niemandem. Sie war eine Trophäe, nicht seine zwar, trotzdem machte ihn schon die Möglichkeit stolz, dass sie es hätte sein können. Doch anstatt den kurzen Kitzel auskosten zu können, musste er dabei zusehen, wie die Männer in sich zusammensackten, als Barbaras Name fiel, wie ihre Augen erloschen, als hätte jemand das Licht dahinter ausgeknipst.

»Barbara geht es gut«, Herr Schmidt sprach es klar und deutlich aus.

Sie schwiegen.

»Ich backe jetzt Kuchen wie eine Frau. Schmeckt ihr sogar.«

Sie heuchelten stumme Bewunderung.

»Schokokuchen, Apfelkuchen.« Er redete sich um Kopf und Kragen. »Schön weich, ich lass es nicht hart und trocken werden. Die Birnen werden bald reif. Sie kaut so langsam, dass man das Gefühl hat, der Mund tut ihr weh.«

Klaus schaute auf seine Hände. Die anderen beiden hielten Herrn Schmidts Blick gerade so stand.

»Das Wichtigste ist, dass sie nicht verhungert. Dafür sorge ich. Will auch nicht, dass sie an den Tropf kommt oder so. Das ist kein Leben.«

»Ich war schon mal am Tropf«, sagte Günther. »War nicht so schlimm.«

Als ob er es wirklich nicht verstand.

»Egal«, sagte Herr Schmidt. »Zeig endlich mal die Kleinen von der Lady, Klaus.«

Er sah, wie das Licht hinter den Augen der Männer wieder anging, wie ihre Schultern leichter wurden, die Augenlider wieder der Schwerkraft trotzten. Wie ähnlich sie sich alle sahen, ob kahlköpfig oder noch so gut ausgestattet wie Herr Schmidt. Sie hatten alle die gleiche Mimik wie der Schimpanse, den Herr Schmidt vor Jahrzehnten mit den Kindern im Affenhaus gesehen hatte. Das hinter einer Glasscheibe sitzende, mächtige Tier hatte ihm für den Bruchteil eines Augenblicks in die Augen geschaut und Herrn Schmidt damit so beschämt, dass er danach nie wieder mit den Kindern in den Zoo gegangen war.

Auf dem Heimweg fror Herr Schmidt. Normalerweise war Barbara diejenige, der kalt war. Er merkte so etwas sonst gar nicht. Jetzt fehlte ihm seine Strickjacke, und er malte sich aus, wie er sie gleich zu Hause anziehen würde. Vielleicht müsste man dieses Jahr die Heizung früher einschalten, Barbara zuliebe, sie bewegte sich ja gar nicht.

Herr Schmidt schob sein Fahrrad in die Garage, genau neben Barbaras Rad. Er überprüfte die Luft in Barbaras Reifen und holte die Pumpe heraus.

Als er ins Haus kam, brannten drinnen schon die Lichter. Heike machte sich vor dem Spiegel fertig für den Heimweg, die Kapuze auf dem Kopf, die Kopfhörer schon in den Ohren. Auf der Kommode standen irgendwelche Karten, Steinherzen und Engelsfiguren, die Barbaras Besucher zum Zwecke der Aufmunterung angeschleppt hatten. Herr Schmidt suchte erst im Arbeitszimmer, dann im Schlafzimmer. »Hast du meine Strickjacke gesehen?«, fragte er Barbara, deren Augenlider flatterten. Vielleicht schlief sie wirklich. Er überprüfte, ob sie atmete, deckte sie zu und brach ein winziges Stück vom Kuchen ab, den er ihr auf den Nachttisch gestellt hatte. Er schob die Krümel zwischen ihre Lippen. Eine leichte Schluckbewegung gab ihm recht. Er wollte es nicht weiter forcieren und aß den Rest. Schmeckte gut.

Der Birnbaum sah selbst in der milchigen Dunkelheit schön aus, die gelblichen kleinen Früchte blitzten zwischen den Blättern hervor, deren Grün langsam die Saftigkeit verlor. »So sitzen wir noch im November hier«, sagte Herr Schmidt. »Irgendwann ist aber genug, Barbara. Was meinst du?« Er hielt Barbaras Hand, die in seiner verschwand, fuhr ihr mit seinen rauen Fingern über die Knöchel. Die Äste des Birnbaums bogen sich. So viele Birnen, wie viel Kuchen würde das geben? Soweit er sich erinnerte, hielten sich die Früchte überhaupt nicht, bekamen sofort Dellen und fielen in sich zusammen. »Die Welpen der Lady sind schon groß, dicke Racker. Musst du mal sehen. Willst du dich wenigstens auf die andere Seite drehen?« Barbara schlief.

*

»Weihnachten«, sagte Klaus nach der zweiten Runde.

»Wo?«

»Hier.« Klaus deutete mit dem Zeigefinger auf einige Tannenzweige in der Vase. »Und hier.« Über der Theke hing eine gelb glänzende Lamettagirlande.

»Jetzt tu doch nicht so, Walter«, murmelte John. »Hanne schmückt doch immer zum ersten Advent.«

»Und den Wievielten haben wir heute?«

»Noch gar keinen. Wir haben Donnerstag.«

»Scheißdreck«, sagte Herr Schmidt.

»So spricht man nicht drüber. Er hat seine Ohren überall.«

»Wer?«

»*Er.*« Klaus ließ die Augen Richtung Decke rollen.

»Er kann mich mal. Scheißdreck!«

»Das wird wieder, Walter. Geht schon vorüber.«

»Nein«, sagte Herr Schmidt. »Ich will nicht, dass es vorübergeht.«

Weihnachten war kein Thema für den Stammtisch. Herr Schmidt hatte vor Kurzem die Birnen geerntet, nachdem er lange vergeblich darauf gewartet hatte, dass sie gelb wurden und herunterfielen. Der Baum machte jedes Jahr, was er wollte. Die Birnen waren grünlich und fest, er hatte sie in eine Holzkiste gelegt und kontrollierte jeden Morgen, ob sie weicher geworden waren.

Weihnachten war ein Fest für Frauen und Kinder. Barbara wickelte immer eine Lichtgirlande um den Gummibaum im Fernsehzimmer und hängte eine weitere in die Gartenhecke. Stromverschwendung, aber was sollte er machen. Andere Frauen waren da schlimmer, aus den meisten Häusern ihrer Straße glotzten Engelsfiguren, die Vorgärten blinkten hysterisch, und von einigen Dächern hingen kleinwüchsige und doch erschreckend realistisch wirkende Nikoläuse. Herr Schmidt musste jedes Mal daran denken, wie er einmal als Junge auf den Balkon des Schwesternwohnheims geklettert war: Mit den Rädern waren sie damals zum Kreiskrankenhaus gefahren, siebzehn Kilometer. Das fröhliche Gekreische der Mädchen. Er sah damals gut aus, blond, stark.

Einige waren in ihn verliebt gewesen. Aber keine war so sanft wie Barbara, die nicht Nein sagen konnte, auch wenn es ihr schadete. Er hatte bis heute nicht verstanden, ob sie besonders verliebt oder besonders schwach gewesen war. Gab es da überhaupt einen Unterschied?

Er zwang sich, wieder an Weihnachten zu denken. Das Fest ließ die Leute schon Wochen, nein, Monate im Voraus durchdrehen. Karin und Sebastian wurden schweigsamer, irgendwelche Paare kamen vorbei, »um Barbara noch einmal zu sehen«. Selbst Mendel und seine Mutter hatten geklingelt und eine Tüte Schokonüsse vorbeigebracht. Herrn Schmidt schien es, als läge eine gewisse Ungeduld in ihrer Frage nach Barbaras Befinden.

*

»Soll ich ihr jetzt auch noch Plätzchen backen oder was?«, fragte er in der Woche drauf in die Männerrunde.

»Kann man kaufen, Walter«, sagte John.

»Wofür hältst du mich?«

Die Verlegenheit der anderen machte ihm am meisten zu schaffen. Die Donnerstagnachmittage sollten Auszeiten sein, ohne Frauen, ohne Kopfzerbrechen, ohne Themen, die das Herz stolpern ließen. Nur Bowling, Schäferhunde, Obstbaumschnitt. Für Provokationen und Ärger hatte er den Rest der Woche.

»Wenn du jetzt was brauchst, Walter …«

»Ich brauch meine Frau.«

Ihre Gesichter machten ihn schon wieder fertig.

»Warum denken alle, dass sie es besser wissen?«, explodierte Herr Schmidt. »Jeder Depp auf der Straße hat eine Meinung, die mehr zählt als meine. Ist sie eure Frau? Ist jemand dabei, Tag und Nacht, jede verdammte Sekunde? Heike ist nach mir am häufigsten da, aber die quatscht mir wenigstens nicht rein. Ich sag's euch: Barbara stirbt nicht.«

»Walter.« John legte ihm die Hand auf die Schulter und nahm sie sofort wieder weg. »Wir kennen doch alle die Diagnose.«

»Einen Scheißdreck kennt ihr!« Seine Sicht vernebelte sich, er hustete in den Ärmel, fehlte noch, dass er gerade jetzt schwächelte. »Ich krieg sie auf die Beine! Ich sag's euch.«

Sie räusperten sich, putzten sich mit den Servietten die Nasen.

»Was ist denn hier los?« Hanne stand auf einmal hinter ihnen, ein Tablett in der Hand. Wahrscheinlich hatte er lauter gebrüllt als erlaubt, sie achtete auf solche Dinge, seit hier vor Jahrzehnten mal einer niedergestochen worden war.

»Walter bockt.«

»So ist er halt.« Sie schob ihn mit der Hüfte zur Seite, setzte sich neben ihn auf die Bank, drückte ihren Oberschenkel wie zufällig gegen seinen. Die

Männer sahen alles. Luder, dachte er. Seine Handflächen juckten. »Geht aufs Haus«, sagte Hanne und füllte die Gläser nach. Das fünfte, für sich, hatte sie dazugestellt. Die Männer sahen aus, als könnten sie ihr Glück kaum fassen. Herr Schmidt aber kochte vor Wut.

*

Die Kinder wollten mit ihm über Weihnachten reden. Erst machten sie bloß Andeutungen – »Über die Feiertage wird's wohl wieder nicht schneien« –, dann wurden sie penetranter: »Bei den Nachbarn sind schon die Girlanden dran.« Als Sebastian mehrere Geschenkpäckchen auf der Fensterbank aufreihte, platzte es aus Herrn Schmidt heraus: »Was soll der Scheiß? Ich mach mir nix aus Weihnachten.«

»Das ist nicht für dich, das ist für die Haushaltshilfe und den Pflegedienst.«

»Natürlich nicht für mich.«

Sebastian wühlte in einer Einkaufstüte und warf ihm einen Schokoladenweihnachtsmann zu. Herr Schmidt dachte nicht daran, ihn aufzufangen. Die grinsende Figur schlug auf der Teppichkante auf.

»Warum heulst du schon wieder?«

»Die Frage ist, Vater, warum heulst *du* nicht?«

Herr Schmidt ging auf die Knie, langsam, damit die Gelenke nicht zu laut knackten, griff nach dem Weihnachtsmann und richtete sich wieder auf. Er winkte Henry heran, der noch im Flur an der Garderobe wartete.

»Warum ich nicht heule? Ich bin kein Mädchen.«

»Ich auch nicht«, schniefte Sebastian.

»Du schon. Komm, Henry. Wir brechen den mal an.« Schlimm genug, dass der Junge seinen Vater so sehen musste. Herr Schmidt setzte sich mit Henry auf die Fernsehcouch. Nacheinander brachen sie Stücke vom Weihnachtsmann ab, der unter ihren Fingern schmolz. Herrn Schmidts Hände waren schon bald ganz braun, bei Henry sah man es natürlich nicht so.

»Gehst du Weihnachten in die Kirche?«, fragte der Junge mit vollem Mund.

»Nein.«

»Wir schon.«

»Ich bin früher auch, Heiligabend, wegen Barbara. Hab nie verstanden, wozu. Dieses Jahr kann sie nicht, also nächstes Jahr wieder.«

»Also bleibst du hier bei Oma?«

»Genau.«

»Wir kommen also zu euch?«

»Denke nicht.«

»Papa hat gesagt, wir kommen alle.«

»Habt ihr nichts Besseres zu tun?«

»Weiß nicht«, sagte Henry. »Schmückt ihr wieder den Baum im Garten?«

Herr Schmidt hatte sowieso vorgehabt, ein paar Weihnachtskugeln in den Birnbaum zu hängen, für den Fall, dass Barbara mal aus dem Fenster sah. »Klar. Noch Fragen?«

Henry schüttelte den Kopf. Auch Sebastian schien das Weihnachtsthema diesmal zu umschiffen. Trotzdem hing es in der Luft. Sie saßen nebeneinander vor dem Fernseher und sahen Medinski beim Kneten vom Lebkuchenteig zu, als Herr Schmidt die Geduld verlor.

»Nicht Heiligabend«, sagte er unvermittelt zu Sebastian. »Ihr seid doch sonst auch immer am 26. vorbeigekommen.«

»Aber dieses Jahr …«

»Wir brauchen hier auch mal unsere Ruhe«, sagte Herr Schmidt. »Ist das so schwer zu verstehen?«

»Und du sitzt Heiligabend mit Sudoku an Mamas Bett? Oder allein vorm Fernseher?«

»Könnte mir Schlimmeres vorstellen.«

*

»Walter!«, schrie jemand und rüttelte an seiner Schulter, sein Kopf flog hin und her, der Hals knackte unangenehm. Er schlug die fremde Hand weg und öffnete die Augen. Er saß in seinem Auto, durch die geöffnete Fahrertür beugte sich Hanne zu ihm, sodass er einen ihrer Hemdsknöpfe vor der Nase hatte. Er wusste nicht, wo er sich befand und wie er dahingekommen war.

»Schläfst du? Ist dir schlecht?«

Gut war ihm jedenfalls nicht. Ihm war schummrig, Hanne verschwamm kurz vor seinen Augen, war dann wieder klar erkennbar und verschwamm erneut. Er atmete tief ein und aus.

»Wolltest du wohin?«

Das Auto stand an der Tankstelle, zwei Kreisel von seinem Zuhause entfernt. Es war kurz nach neun, an den Wochentag erinnerte er sich nicht, wahrscheinlich kein Donnerstag. Hatte er die Nacht im Auto verbracht?

»Was machst du hier?«, schnauzte er Hanne an, als er wieder halbwegs bei Sinnen war.

»Wollte Zigaretten kaufen. Der Typ an der Kasse hat mich gefragt, ob ich den Alten da kennen würde, du sitzt wohl schon seit einer halben Stunde hier.«

Halbe Stunde, das ging ja noch.

»Soll ich dich heimfahren?«

»Du mich? Lächerlich.«

»Lieber gleich zum Arzt?«

»Red keinen Unsinn, Mädchen.«

Hanne lief ums Auto herum und setzte sich auf den Beifahrersitz, um gleich darauf einen Bund Petersilienwurzeln unter ihrem Hintern hervorzuziehen. Sie beugte sich vor, berührte seine Stirn mit der Hand, holte ein Taschentuch hervor und wischte ihm übers Gesicht.

»Du bist ja schweißgebadet.«

Ich hab Angst, dachte Herr Schmidt, sagte es aber

nicht. Hanne würde sonst »Verstehe« antworten, was eine Lüge wäre, denn sie würde es niemals verstehen. Sie nicht und auch niemand sonst. Er entriss ihr das Taschentuch und putzte sich die Nase. Sie machte keine Anstalten auszusteigen.

»Bleibst jetzt eine Ewigkeit hier sitzen?«

»Wieso, musst du wohin?«

»Ja«, sagte er. »Zu Artur. Hab's Barbara versprochen.« Vielleicht, dachte er, hatte sie es in ihrem Dämmerzustand sogar gehört.

Hanne schluckte laut. »Und sie?«

»Heike ist da, und der Pflegedienst kommt später auch.«

»Du willst allein hin?«

Er verstand die Frage nicht. Er war immer allein, machte alles allein, bis jetzt war das nie ein Problem gewesen.

»Du warst doch noch nie da«, sagte Hanne.

»Woher weißt du das?«

»Walter. Alle wissen es.«

Er fluchte, startete den Motor. Hatte er wenigstens getankt, bevor er so merkwürdig eingeschlafen war? Nein, hatte er wohl nicht. Also Zapfhahn rein, bezahlen beim Typ, der Hanne die Zigaretten verkauft hatte und der ihn jetzt nervös und erleichtert zugleich musterte. Herrn Schmidts Blick fiel auf die Auslage mit den Schokoriegeln, er nahm erst einen heraus, dann einen zweiten.

Zurück im Auto warf er Hanne einen der beiden Riegel in den Schoß. Sie drehte ihn zwischen den Fingern und steckte ihn ein. Er fuhr los, in zwei Minuten waren sie am *Goldenen Hirsch.* Doch sie machte keine Anstalten auszusteigen.

»Nicht? Wo soll ich dich dann hinfahren?«

Sie schüttelte den Kopf, den Blick starr nach vorn gerichtet.

»Was soll das jetzt, Hanne?«

»Du kannst da nicht allein hin. Nicht jetzt, nicht so, zum ersten Mal. Ich fahr mit.«

Blödsinn, wollte er sagen, wenn Barbara das mitkriegen würde.

»Wir sagen es auch keinem«, sagte Hanne, als hätte sie seine Gedanken gelesen, »bleibt ein Geheimnis.« Ein Geheimnis mit Hanne. Es war so lange her. Er warf den Kopf zurück und lachte, das erste Mal seit Jahren.

Das Gute an ihr war, dass sie nicht redete. Sie schaute aus dem Fenster, döste, aß irgendwann ihren Schokoriegel. Sie fragte nicht nach dem Weg, als wüsste sie genau, wo sie hinfahren und wie lange es dauern würde. Vielleicht wusste sie wirklich alles, und alle anderen auch. Ja, vielleicht war er der Einzige, der glaubte, dass die Dinge verschwinden konnten, wenn man nur lange genug wegsah.

Irgendwann fing Hanne an, mit dem Einwickelpapier des Schokoriegels zu knistern, sodass er rübergreifen und es ihr wegnehmen musste. Er wollte es nicht aus dem Fenster werfen, also knüllte er es zusammen und steckte es sich in die Brusttasche.

Das Navigationsgerät hatte eine Fahrzeit von zwei Stunden und 42 Minuten errechnet. Immerhin hatte ihm die ungeplant lange Tankstellen-Episode den Berufsverkehr auf der Autobahn erspart. Bevor er die Ausfahrt nahm, fragte er Hanne, ob sie aufs Klo musste. Sie verneinte. Als sie eine Dreiviertelstunde auf der Landstraße gefahren waren, musste er daran denken, dass Barbara ihm früher Stullen eingepackt hatte, wenn er beruflich unterwegs und es absehbar war, dass er es nicht zum Mittagessen nach Hause schaffen würde. Die Thermoskanne mit süßem Milchkaffee war klein und schwer gewesen. Sein Magen zog sich zusammen, was hätte er jetzt für einen Schluck daraus gegeben.

»Auf dem Rücksitz ist eine Flasche Wasser«, sagte er zu Hanne. Sie verdrehte sich, fand die Flasche und gab sie ihm. Barbara hätte sie erst geöffnet. War aber natürlich kein Problem, den Deckel beim Fahren aufzuschrauben. Er gab Hanne die Flasche zurück, die, ohne um Erlaubnis zu fragen, ebenfalls daraus trank.

Als erst der Ort, dann der Name der Einrichtung auf den Straßenschildern auftauchten, fing Herr Schmidt an zu zittern. Er verstand nicht, woher es so plötzlich kam: Ein Gefrierbrand fraß sich durch seine Eingeweide wie in der einen Werbung für Tiefkühlbeutel. Er hatte sich das alles ganz anders vorgestellt. Der Parkplatz war zur Hälfte belegt. Die Fenster der Einrichtung waren geschmückt wie im Kindergarten, den Sebastian und Karin vor Jahrzehnten besucht hatten. Das Ganze sah harmlos aus, wie eine Falle.

Hanne legte die Hand auf seine Finger, die gegen das Lenkrad klapperten. Seine Nägel sahen blau aus. Ihre Wärme beruhigte ihn etwas. Irgendwann aber wurde es albern, er stieg aus. Hanne hakte sich bei ihm unter und zog ihn zum Eingang. Die Glastüren fuhren geräuschlos auseinander, im Vorraum standen ein paar Sessel. Er hatte eine Rezeption wie in einer Arztpraxis erwartet, irgendwelche Krankenschwestern, die erst die Personalien kontrollierten, bevor sie die Besucher durchwinkten. Aber nichts da. Hannes Hand ruhte immer noch in seiner Armbeuge. Er schüttelte sie ab: Was, wenn der Junge sie so sah? Andererseits hatte er vermutlich keine Ahnung, wer Herr Schmidt überhaupt war. Wie lange war es her, dass er ihn das letzte Mal gesehen hatte?

»Wohin jetzt?«, flüsterte er hilflos.

»Du weißt nicht, wo sein Zimmer ist?«, fragte Hanne. Offenbar wusste man doch nicht alles über ihn.

Sie schritt voran, über den weinroten Teppich, den Herr Schmidt vielleicht in einem Hotel erwartet hätte, nicht aber in einer Anstalt wie dieser. Er folgte ihr. Hanne las die Schilder an den Türen, klopfte an eine und steckte den Kopf hinein.

»Wir wollen Artur Schmidt besuchen … Zweiter Stock, Zimmer 23? Danke. Ach so, jetzt Mittagessen? Danke nochmals.« Sie wandte sich Herrn Schmidt zu: »Sie essen gerade zu Mittag.«

»Mahlzeit. Wir können solange im Auto warten«, murmelte er, doch da erschien eine Frau mit rundem, freundlichem Gesicht in der Tür und fragte, ob sie vielleicht mitessen wollten. Herr Schmidt kam aus der Sache nicht mehr heraus. Die Frau führte sie über den Flur und bog dann mehrmals ab. Schließlich ging es eine Rampe hinunter, schon standen sie vor dem Speisesaal. Hanne griff erneut nach Herrn Schmidts Arm, als ahnte sie, dass er sonst weglaufen würde. Die rundgesichtige Frau öffnete mit fließenden Handbewegungen die Glastüren und winkte sie hinter sich her. Herr Schmidt versuchte, nicht nach links und rechts zu schauen. Ihm war nicht bewusst gewesen, dass die Anstalt mehr Altersheim als Behindertenheim war. Überall sah er uralte Leute, viel älter als er und Hanne, mit Gehhilfen, in Rollstühlen, Jüngere dagegen ganz wenige. Artur war einer von ihnen, er saß einer alten Frau mit weißem Flaum auf dem Kopf gegenüber und löffelte Milchreis. Herr Schmidt hatte ihn sofort erkannt, die Kopfform, den mageren

Rücken, die abgesunkenen Schultern. Er blieb wie angewurzelt stehen, befreite sich aus Hannes Griff.

»Ich kann nicht. Er kennt mich doch gar nicht.«

»Er hat Ihr Bild ganz groß überm Bett hängen«, sagte die Frau, die immer noch an ihrer Seite war, als hätte sie keine andere Arbeit zu erledigen. »Wie geht es Ihrer Frau, Herr Schmidt? Es tut mir so leid.«

Herr Schmidt starrte Artur an. Er hatte sich geirrt. Das kam davon, wenn man das Zeitgefühl verlor. Artur gehörte vielleicht zu den Jüngeren hier, war aber längst nicht mehr jung. Er hatte angegrautes Haar, ein faltiges Gesicht und sehr helle Augen, die gerade Hanne entdeckten und offenbar Gefallen an ihr fanden.

»Schauen Sie, wer da ist«, sagte die Pflegerin in ihrem weichen Singsang zu Artur.

Sie siezt ihn ja, dachte Herr Schmidt. Warum tut sie das?

Sie setzten sich. An Arturs Tisch waren genau zwei Stühle frei. Vielleicht waren die Leute, denen die Plätze gehörten, gerade gestorben. Die Alte, die Artur gegenübersaß, schien sich vor Herrn Schmidt und Hanne zu fürchten, rückte aber keinen Zentimeter zur Seite. Eigentlich blockierte sie gleich zwei Plätze. Herr Schmidt saß nun neben Artur, Hanne ihm gegenüber, bedrängt von der Tischnachbarin. Er wusste überhaupt nicht, was er sagen sollte, er war so entsetzt wie am ersten Tag, wollte verschwinden, sofort. Und was machte Hanne? Sie streckte Artur die Hand hin, nannte ihren Namen, deutete auf Herrn Schmidt und erzählte irgendwas von einem Auto und der Straße. Artur streifte ihn mit seinem Blick. Wo nur hatte Herr Schmidt diese hellen, fast weißen Augen schon mal gesehen? Barbaras Augen hatten ein anderes Blau.

Dann fiel es ihm ein: im Spiegel.

Artur konnte nicht richtig reden. Aufgeregt stieß er einzelne Silben hervor, Hanne streichelte seine Hand. Die Alte rückte endlich zur Seite. Jemand kam und brachte Herrn Schmidt eine Tasse Kaffee. Alle wussten, wer er war und zu wem er gehörte. In Arturs Mundwinkel klebte Milchreis, Hanne nahm eine Serviette und wischte ihm über den Mund.

Spielzeug, dachte Herr Schmidt. Barbara hatte immer Spielzeug gekauft. Es hatte sich vor den Feiertagen im Keller getürmt. Sie hatte gern vorausgeplant. Er griff in die Jackentasche, holte seinen Schokoriegel heraus und hielt ihn Artur hin. In der Ecke des Speisesaals blinkte ein Weihnachtsbaum, eine Küchenhilfe räumte die Reste ab. Die Rollstühle und Gehhilfen hatten sich verzogen.

»Bleiben Sie ruhig sitzen«, sagte eine Frau mit weißer Haube, die gerade den benachbarten Tisch abwischte. »Schauen Sie, wie er sich freut.«

Artur freute sich überhaupt nicht, jedenfalls nicht über Herrn Schmidt. Er schäkerte mit Hanne, die nun wiederum in ihre Tasche griff und ein leicht gedelltes

Überraschungsei herausholte. Artur freute sich und zerquetschte es gleich. Sie teilten sich die Schokolade und begannen, das kleine Spielzeug zusammenzusetzen. Herr Schmidt stand auf und taumelte in den Flur. Er hatte Angst, dass ihm vor aller Augen schlecht werden würde.

Auf dem Rückweg saß Hanne am Steuer. Barbara hätte sich das niemals geleistet. Wie konnte er nur erwartet haben, dass Hanne auch auf dem Rückweg schweigen würde? Sie redete ununterbrochen. Es wurde langsam dunkel, die Zeit war schnell vergangen. Zuletzt hatten sie in einem Raum mit Bällen und Spielzeug gesessen und aus Knetmasse Würmer und Eier gebastelt. Artur hatte ihnen seine Lieblingsautos gezeigt. Sie hatten sogar eine Runde durch den winterlichen Garten gedreht, nachdem sich alle umständlich angezogen hatten. Arturs Schal war unterwegs runtergerutscht, sodass ein Ende den Boden streifte. Herr Schmidt hatte schon befürchtet, dass der Junge drauftreten und sich strangulieren würde.

Ihm fiel wieder ein, wie viel Angst er um Karin und Sebastian gehabt hatte, als sie noch klein waren. Er hatte sich geweigert, mit ihnen auch nur auf den Spielplatz zu gehen. Frauensache, hatte er gesagt. In Wirklichkeit aber war er schon beim Gedanken daran vor Angst gestorben, und es hatte erst aufgehört, als sie größer waren und ihm das erleichternde Gefühl gaben, nicht mehr der verwundbarste, schmerzhafteste Teil seines Lebens zu sein.

»Wann willst du es ihm sagen?«, fragte Hanne ihn auf der Autobahn.

»Was?«, blaffte Herr Schmidt sie an. Arturs verständnisloses »Mama?« hallte ihm noch in den Ohren nach. »Lass mich in Ruhe, Hanne.«

Sie hielten an einer Raststätte und setzten sich an einen Tisch. Hanne holte zwei Tassen Kaffee, ein Stück Käsekuchen und zwei Gabeln. Herr Schmidt sah auf seine Hände, sie zitterten nicht mehr, irgendwann hatte es einfach aufgehört.

»Wie alt ist Artur? Etwas älter als Bernd, oder?«

Er wusste, dass sie grausam war. Genau das Gleiche hatte er die ganze Zeit gedacht und sich gefragt, wann sie es aussprechen würde.

»Ich weiß doch nicht, wie alt Bernd ist«, log er.

»Ich kann nicht verstehen, wie Barbara dir verzeihen konnte, dass du ihn nie besucht hast«, sagte Hanne beiläufig.

Herr Schmidt kämpfte mit seinen steifen Fingern gegen die winzige Kaffeesahnepackung. »Hat sie auch nicht. Sie hasst mich seitdem. Hat nie damit aufgehört.«

»Das ist doch Quatsch. Ihr wart ein gutes Paar.« Hanne hielt inne, korrigierte sich: »Seid ein gutes Paar.«

»Unsinn. Weißt du doch selbst. Niemand kann mit mir ein gutes Paar sein.«

Hanne zuckte mit den Schultern und sah aus dem Fenster.

»Hast Glück gehabt damals«, sagte er. »Dass nichts draus geworden ist.«

»Bestimmt.« Sie nahm ihm die Kaffeesahne aus der Hand, riss den Deckel ab, verschüttete keinen Tropfen. Wirtin halt.

»Ich war jung, es war nur ein Spaß. Ich wollte sie doch gar nicht heiraten. Meine Mutter war dagegen. Wir waren doch gerade erst weg von den Russen, und seien wir ehrlich, Barbara war damals eine von denen. Aber dann war das Kind unterwegs.« Dass er das alles aussprechen konnte, ohne vom Blitz getroffen zu werden – und es ausgerechnet Hanne erzählte, die jede Blöße ausnutzte, die niemandem etwas durchgehen ließ. Dass er es noch bitter bereuen würde, war ihm klar. »Damals konnte niemand im Voraus sagen, wie ein Kind wird. Was hätte ich machen sollen? Sie hat so geweint.«

»Walter. Das wissen doch alle.« Hanne legte ihre warmen Finger um seine schon wieder eiskalte Hand.

Er zog sie nicht zurück.

Er hatte Hanne am *Goldenen Hirsch* abgesetzt, sich auf den Heimweg gemacht und Heike, die mit einem Comic neben Barbara gesessen hatte, in den Feierabend geschickt. Er setzte sich auf die Bettkante und verdrehte sich so, dass er das Gleiche sehen würde wie Barbara, wenn sie ihre Augen denn mal aufmachte, den dunklen Himmel, eingerahmt vom wilden Wein. Dann zog er die Vorhänge zu und knipste die Nachttischlampe an. Barbaras Lider flatterten. Jetzt setzte er sich auf den vorgewärmten Stuhl, nahm Barbaras Hand.

»Ich war da«, sagte er.

Barbara schien ihm aufmerksam zuzuhören.

»Ein Riesenkerl, alt geworden. Wir werden alle nicht jünger.« Er lehnte sich zurück, schloss die Augen, sah vor seinem inneren Auge Hanne beim Aufgabeln des Käsekuchens. Früher war das sein Lieblingskuchen gewesen. Seine Gedanken rasten und wurden schließlich doch von den Bildern abgelöst, die er bislang so konsequent aus seinem Kopf verbannt hatte. Barbara hatte Artur nie weggeben wollen, aber es war nicht anders gegangen. Er hatte andere, richtige Kinder gewollt. »Du hättest es doch sonst nie geschafft«, sagte er. »Ich weiß, dass du mich hasst, aber was hätte ich damals anders machen sollen? Sag's mir, Barbara!« Die Sätze fielen aus ihm heraus. Er war sich nicht mehr sicher, ob sie wirklich zuhörte. Von da an dachte Herr Schmidt nur noch, ohne es auszusprechen. So konnte man sich schließlich auch unterhalten: stumm, über Gedanken. Du hattest ihn nicht unter Kontrolle. Du hattest gar kein

Leben mehr. Ich war dir keine Hilfe. Kinder sind Frauensache. Ich musste uns ernähren. Und ich habe recht behalten – Sebastian und Karin kamen erst, als er weg war. Ich hatte dir versprochen, für dich zu sorgen, und ich habe Wort gehalten. Auch das, was ich gerade mache, ist Teil davon. Ich meine nicht das Kochen, ich meine alles andere, das, worüber wir nie gesprochen haben. Ich hätte andere Dinge durchsetzen können – mache es aber stattdessen so, wie du es willst. Denkst du, das ist leicht? Nie war irgendwas leicht. Ich hätte ihn schon nicht geschlagen. Ich habe auch dich nie geschlagen. Oder, habe ich?

Er war noch immer in Gedanken, doch auf einmal dröhnte es in seinem Kopf. Die Worte verschwanden, wichen den Bildern, die ihn auf einmal umgaben: Herrn Schmidts Geburtstag, wie jung sie da noch sind und wie alt sie sich schon fühlen. Barbara mit toupiertem Haar, trotz Artur schafft sie es, hübsch auszusehen. Der frisch gebackene Käsekuchen steht auf dem Tisch, endlich hat sie ihn hinbekommen. Herrn Schmidts Mutter wird gleich zum Geburtstagskaffee vorbeikommen, mit eigenem Kuchen allerdings. Sie hat Angst, Barbara würde sie vergiften. Er zieht sich nur eben ein frisches Hemd an, da hört er diese Geräusche aus dem Wohnzimmer. Er ekelt sich sofort, das ist sein Grundzustand damals. Schon in der Tür sieht er, wie der Junge mit beiden Händen in den Käsekuchen greift und sich den Mund vollstopft. Bei

Herrn Schmidts Anblick lacht er erst, heult dann aber plötzlich los. Herr Schmidt schlägt ihn nicht, der Junge weint trotzdem, kauert an der Wand. *Ich schlag dich tot* – das sind doch nur Worte.

*

»Wer ist die Frau, die hier immer anruft?«, fragte ihn Sebastian, als sie am zweiten Advent zusammensaßen.

»Ich kenn keine Frau.«

»Hat so einen Akzent.«

»Ach, die. Eine Verrückte.«

»Sie klang nett.« Sebastian zündete die beiden Kerzen an, die Karin am vergangenen Wochenende auf den Tisch gestellt hatte.

»Weiber.«

»Woher kennst du sie also?«

»Über Medinski«, brummte Herr Schmidt. Er war wütend auf Lydia, dass sie ihn so bloßstellte, dass seine Familie jetzt schlecht über ihn denken musste. Das heißt, noch schlechter als sonst. Hoffentlich hatte Sebastian Barbara nichts erzählt. »Sie hat zwei Karten für Medinskis Auftritt und will nicht allein hingehen.«

»Geh doch mit«, sagte Sebastian, an der Kerze herumpulend.

»Ich will deine Mutter nicht aufregen. Die denkt sich noch was Falsches.«

Sebastian zog ziemlich viel Wachs von der Kerze,

bevor er antwortete. »Ich glaube ehrlich gesagt nicht, dass sie was Falsches denkt.«

»Du kennst deine Mutter nicht.«

»Vater. Du hockst seit Ewigkeiten hier rum, gehst nur noch zum Einkaufen raus. Geh doch mal zu deinem Medinski. Der tut dir gut.«

»Unsinn«, knurrte Herr Schmidt. Sebastian hatte keine Ahnung. Er wusste nichts vom Ausflug mit Hanne und wusste auch sonst nichts.

»Ist sie denn nett?«, fragte Sebastian. »Die, die immer anruft?«

»Sie ist eine Pest. Was gibt es da zu grinsen.«

*

Die Birnenmarmelade war gut geworden: besser als die aus den Läden und schöner als die auf den Bildern im Internet. Er hatte mit unterschiedlichen Zuckermischungen und Kochzeiten experimentiert. Er drehte die Gläser, die er nach dem Abfüllen auf den Deckel gestellt hatte, wieder um. Die Marmelade hatte die perfekte Konsistenz, sie rutschte im richtigen Tempo an den Glaswänden herunter, war nicht zu flüssig, nicht zu fest. Wenn man sie gegen das Licht hielt, schimmerten die Fruchtstücke golden durch. Heike hatte ihm Etiketts mitgebracht. Er beschriftete sieben davon mit »Birne« und der Jahreszahl, klebte sie auf die Gläser und sah auf die Uhr. Medinskis Auftritt würde in einer Viertelstunde beginnen. Herr

Schmidt wollte sich vor den Fernseher setzen, doch Sebastian döste schon auf der Couch. Sollte er ruhig, bisschen Schlaf konnte er durchaus vertragen. Herr Schmidt wollte die Zimmertür schon zumachen, da schreckte Sebastian hoch. »Was ist mit Mama?«

»Schläft«, sagte Herr Schmidt. »Schlaf du auch.«

Sebastian streckte sich wieder aus, seine Augen glänzten in der Dunkelheit.

»Denkst du«, murmelte Herr Schmidt, »es ist schlimm, wenn ich jetzt noch zu Medinski gehe?« Er hoffte, dass Sebastian ihn nicht hörte. Der aber reckte im Liegen einen Daumen hoch.

In zwanzig Minuten erreichte man die Stadt. Sich dort zurechtzufinden dauerte sehr viel länger. Früher war er stolz auf seinen Orientierungssinn gewesen und hatte sich auch lange gegen das Navigationsgerät gewehrt. Nun war er aber zu knapp dran. Er kapitulierte bald und schaltete das Ding ein, nur um sich anzeigen zu lassen, dass er sowieso bereits am Ziel war. Es war ein Villenviertel mit riesigen Gärten, kopfsteingepflasterten Straßen, nichts, was er nicht von früher gekannt hätte. Es hatte eine Zeit gegeben, da hatte er Geräte in Häusern angeschlossen, die andere nur im Fernsehen gesehen hatten: hohe Decken, Parkettböden, hässliche Vasen. Der Kaffee in den winzigen Tassen war stets viel zu stark gewesen. Die Leute aber waren immer freundlich, dankbar für die gute Arbeit. Bloß nach Milch und Zucker hatte man extra fragen müssen.

Herr Schmidt parkte in einer Seitenstraße und ging zu Fuß zum Veranstaltungsort, den er dem Namen nach erst für eine Gaststätte gehalten, der sich dann aber als unlogische Mischung aus Buchladen, Café und Geschäft für allerlei Küchenzubehör herausgestellt hatte. Herrn Schmidt war es unangenehm, zu spät zu kommen. Er war daher auch bereit, den vollen Eintrittspreis zu bezahlen, wie horrend dieser auch ausfallen mochte. Doch die Frau, die vor einem verschließbaren Metallkästchen voller Münzen saß und den Eingang bewachte, weigerte sich, ihn reinzulassen: »Ausverkauft.«

Herr Schmidt ließ sich auf den Unsinn nicht ein, legte den Geldschein auf die Kasse, schob die Frau aus dem Weg, die inzwischen aufgestanden war und dabei unnötigen Lärm verursachte.

»Es ist schon okay! Wir sind zusammen!« Lydia stand plötzlich da, mit geröteten Augen und verrutschtem Halstüchlein. Die Frau an der Kasse atmete aufgeregt, schüttelte missbilligend den Kopf. »Es war ein Missverständnis.« Lydia lächelte ihr zu, hakte sich bei Herrn Schmidt unter und bugsierte ihn in eine Art riesige Küche, in der ein paar Stuhlreihen standen. Gegen die Arbeitsfläche gelehnt stand der leibhaftige Medinski, ein aufgeschlagenes Buch in der Hand. Die Leute drehten ihre Köpfe in Herrn

Schmidts Richtung. Medinski las ungerührt weiter. Herr Schmidt setzte sich auf den Platz, von dem Lydia ihre Handtasche genommen hatte. Er knöpfte die Jacke auf, ein wenig auch das Hemd. So viele Leute, so wenig Sauerstoff. Lydia strahlte ihn von der Seite an. Er versuchte, Medinski zu folgen. Es ging um Oma und Kindheit. Herr Schmidt rieb sich das Gesicht und schirmte sich so zugleich gegen Lydias Aufmerksamkeit ab, die ihn bereits quälte wie ein zu nah aufgestellter Heizstrahler. Er hatte jegliches Rumsitzen in Gruppen immer gemieden. Jetzt fiel ihm sofort wieder ein, warum.

Irgendwann rammte ihm Lydia den Ellbogen in die Seite. »Walter! Ist nicht Ihr Ernst!«

Er öffnete die Augen. Die Stuhlreihen waren leer. »Was ist passiert?«

»Ich dachte erst, Sie hören noch zu! Sie haben doch nicht wirklich die ganze Show verschlafen?«

»Wo ist Medinski?«

»Signiert gerade.« Lydia deutete über die Schulter.

»Dann kann ich ja gehen.«

»Ich möchte, dass er mir was ins Buch schreibt.«

»In welches Buch?«

»Aus dem er vorgelesen hat. Und das Sie mir gleich kaufen werden.«

Barbara wäre nie so dreist gewesen. Herr Schmidt entschied sich dennoch gegen eine Diskussion, kramte sein Portemonnaie hervor und gab Lydia einen Zwanziger. »Kaufen Sie sich selber eins. Was kriegen Sie für die Eintrittskarten?«

»Ach, Walter. Die hab ich doch bei diesem Gewinnspiel gewonnen.«

Sie ließ ihn stehen und reihte sich in eine lange Schlange ein. Herr Schmidt wartete. Dann ging er einige Schritte weiter vor und entdeckte Medinski am Kopfende der Schlange, gerahmt von mehreren Bücherstapeln. Die Frau, die Herrn Schmidt nicht hatte einlassen wollen, nahm gerade Geld entgegen, griff sich ein Buch vom Stapel, riss die Folie herunter und schlug es an der richtigen Stelle auf. Der Käufer beugte sich zu Medinski und redete auf ihn ein. Herr Schmidt konnte aus der Entfernung sehen, was all den Leuten, die direkt am Büchertisch standen, offenbar entging: Medinski hatte keine Lust auf die vielen Gespräche, war müde und wollte nach Hause. Die Schlange wurde nur langsam kürzer. Lydia war die Vorletzte. Er überlegte, ob er sich nicht einfach schon verabschieden und nach Hause fahren könnte. Dann aber kam es ihm feige vor. Er stand wie angewurzelt da und wartete, so wie er unzählige Male auf Barbara gewartet hatte, während sie einkaufte, sich unterwegs mit irgendwelchen Leuten unterhielt oder eine öffentliche Toilette aufsuchte, als hätten sie zu Hause keine eigene.

Medinski wischte sich die Stirn mit einem Stofftaschentuch ab. Herrn Schmidt schliefen die Beine langsam ein. Er setzte sich in Bewegung und wanderte die Regale entlang, in denen einfache Töpfe und Auflaufformen ausgestellt waren, die so viel kosteten wie gute Bohrmaschinen. Er war schon recht weit in den unbeleuchteten Teil des Raums vorgedrungen, als er Lydia seinen Namen rufen hörte. »Fertig«, sagte sie und präsentierte ihm triumphierend das Buch, dessen Umschlag Medinski in einem Rahmen aus einheimischen Gemüsesorten zeigte.

Die nervöse Frau, die Herrn Schmidt nicht hatte reinlassen wollen, packte bereits die übrig gebliebenen Bücher in die Kiste. Medinski stand daneben und wickelte sich einen Schal um den Hals. Herr Schmidt ging an ihm vorüber: Er hatte sich den Koch nicht so klein und eigentlich auch viel dicker vorgestellt. Als er mit Lydia, die sich bei ihm untergehakt hatte, schon in der automatischen Schiebetür stand, fiel es ihm wieder ein. Er machte kehrt und ging auf Medinski zu, der ihm mit einer gewissen Sorge entgegenblickte.

»Hab ich ganz vergessen.« Herr Schmidt langte in die Jackentasche und zog ein Glas mit Marmelade hervor. »Für dich.«

Medinski verknotete den Schal und nahm das Glas mit beiden Händen entgegen. »Das ist aber furchtbar nett.«

»Wir haben uns darüber unterhalten. Im Internet.«

»Haben wir das?« Medinski studierte das Etikett, hielt das Glas gegen das Licht. »Aha. Birne?«

»Aus meinem Garten.«

»Und Sie sind folglich?«

»Schmidt Walter.« Herr Schmidt streckte Medinski die Hand entgegen. Medinski erwiderte den Händedruck fest wie ein richtiger Mann.

»Und das ist Ihre Frau?« Medinski nickte in Lydias Richtung.

»Nein. Die kenn ich eigentlich gar nicht. Meine Frau ist Barbara.«

Medinski sah aus, als versuchte er, sich an etwas zu erinnern.

»Dann also auf Wiedersehen.« Herr Schmidt nahm nun seinerseits Lydia am Ellbogen und zog sie weg. Schon in der Tür stehend, raunte er ihr zu: »Warum haben Sie die zweite Karte nicht jemand anderem gegeben? Ich hab doch gesagt, ich kann nicht.«

»Ach, Walter.« Lydia drückte seine Hand. »Ich wusste doch, dass Sie noch kommen würden.«

Lydia war mit den Öffentlichen gekommen, nun musste er sie natürlich nach Hause fahren. Sie erfüllte das Auto mit ihrem Parfum, und er fragte sich sofort, was Barbara dazu sagen würde. Sie war so geruchsempfindlich. Hanne hatte auf der Fahrt wie immer nach Zigaretten gerochen, was er aber erst viel später registriert hatte. Danach hatte er mehrere Runden bei offenem Fenster gedreht und sich dabei fast die Grippe geholt.

»Was haben Sie ihm da gegeben?«, fragte Lydia, die ihn recht hirnlos durch die Gegend navigierte. Anstatt die Richtung zu benennen, fuchtelte sie mit der Hand und rief zu spät: »Hier! Hier! Ach, Walter!«

»Wem soll ich was gegeben haben?«

»Medinski.«

»Nichts.« Er hatte sich gleich gedacht, dass auch sie ein Glas Marmelade würde abhaben wollen, wollte ihr aber keins geben. Er war ein Geizhals und stand dazu.

»Wie geht's eigentlich Barbara?«

»Besser.«

»Was machen Sie an Weihnachten?«

»Wir sind zu Hause. Die Kinder kommen.«

Jetzt wäre es an ihm gewesen, sie zu fragen, was sie machte. Aber er wollte es nicht wissen. Er merkte, dass er unhöflich war, noch unhöflicher als sonst, aber schon allein mit ihr in einem Auto zu sitzen, hielt er kaum aus. Dass er sie nicht anbrüllte, war mehr, als man ihm hätte abverlangen können. Als sie auf einem riesigen Parkplatz vor einem Hochhaus unweit der Autobahn zum Stehen kamen, war er erstaunt.

»Hier wohnen Sie?«

»Warum?«

Er war schon oft daran vorbeigefahren und hatte sich jedes Mal gefragt, wie man in diesem Haus leben konnte, in den kleinen Wohnungen, ohne Garten, unter lauter Ausländern. Selbst wenn man selber einer war.

»Soll ich Sie hochbringen?«

Lydias Augen leuchteten auf.

»Nicht so«, sagte er ruppig. »Bis zur Wohnungstür. Ich will nicht wissen, wer hier alles im Treppenhaus herumlungert.«

»Ich bin eine alte Frau, was soll mir schon passieren?« Lydia lächelte kokett.

»Richtig«, sagte Herr Schmidt. »Dann fahr ich jetzt. Barbara wartet.«

Ihr Lächeln verschwand, sie stieg endlich aus. Medinskis Buch ließ sie liegen.

»He, Lydia, Ihr Buch.«

»Das ist für Sie.«

»Warum?«, rief er durch das heruntergekurbelte Fenster, als sie sich schon vom Auto entfernt hatte. »Warum das alles, Lydia? Sind alle anderen Kerle schon tot?«

»Ja. Und weil Sie so schön sind.«

Bevor er protestieren konnte, war sie in der Dunkelheit verschwunden.

*

Heiligabend verging fast unbemerkt. Herr Schmidt hatte erst überlegt, ob er Medinskis lauwarmen Kartoffelsalat machen sollte, hatte dann aber keine Lust auf die Schnippelei. Barbara machte sich sowieso nichts aus Kartoffelsalat, sie hatte früher nur Herrn Schmidt zuliebe welchen gemacht, so richtig war er ihr aber nie gelungen. Herr Schmidt warf zwei Bratwürstchen in die Pfanne und setzte sich vor den Fernseher. Später guckte er nach Barbara, wischte ihr die Kuchenkrümel vom Kinn und ging mit Helmut raus. Es war dunkel, Fenster und Vorgärten leuchteten, die Straßen waren menschenleer. Dass ihm vorher nie aufgefallen war, wie schön Heiligabend sein konnte. Was hatten sie sonst an diesem Tag gemacht? Barbara war lange in der Kirche gewesen, danach hatten sie gegessen und ferngesehen. Geschenke wären albern gewesen, sie hatten ja alles. Trotzdem war da sonst immer dieses Gefühl der Unruhe gewesen, als müsste noch was passieren. Heute war alles genau richtig.

Die Füße hatten ihn über den Marktplatz getragen. Er lief durch den kleinen Hain, am Wohnblock vorbei, in dem Heike wohnte. Sie hatte frei, worum sie nicht gebeten hatte, aber er war kein Unmensch, er hatte ihr schlicht verboten, an den Festtagen zu kommen. Herr Schmidt studierte ihr Klingelschild, der einzige deutsche Nachname musste ihrer sein, er wusste nur ihren Vornamen, mehr brauchte er nicht. Alle anderen im Haus waren Jugoslawen und Türken, trotzdem waren manche Fenster geschmückt. Er legte den Kopf in den Nacken, bis ihm der Hals wehtat.

Einige Hundert Meter weiter setzte Glockengeläut ein, das ihn plötzlich anzog. Er kam gerade noch rechtzeitig, um die Menschentraube zu sehen, die aus der Kirche strömte, ein lachender, feierlicher Pulk, alte Leute, Paare, einige größere Kinder – die Leute mit den Kleineren mussten in dem Familiengottesdienst davor gewesen sein. Er hatte das Gefühl, mitten im Pulk Hannes Lockenschopf zu erkennen. Der Berg von Mann neben ihr war vermutlich Bernd, der mit seinen grauen Haaren von hinten älter als seine Mutter wirkte. Herr Schmidt drehte sich abrupt um, fehlte noch, dass sie ihn so sahen. Bevor der blöde Hund mit freudigem Gejaule auf sie beide aufmerksam machen konnte, leinte er ihn an und zog ihn hinter sich her, in eine Seitenstraße. In der Unterführung am Bahnhof saß der Penner neben seinem Hund, der sich wieder mal tot stellte. Herr Schmidt straffte die Leine, bevor Helmut auch nur auf die Idee kommen konnte, etwas aus den mit Essen vollgestopften Tüten zu klauen.

»Frohes Neues«, murmelte der Penner, als sie an ihm vorbei waren.

*

Herr Schmidt ahnte schon, dass Barbara kein Interesse an dem Wildschweingulasch haben würde. Es wirkte, als wollte sie nicht einmal hören, wie er ihr davon erzählte, die Farbe und die Konsistenz beschrieb. Sollte sie bei ihrem Kuchen bleiben, wie ein kleines Kind, Hauptsache, sie aß. Für sich allein wollte er sich auch nicht besonders viel Mühe machen, das Blaukraut kam aus der Dose, die Spätzle aus dem Kühlregal.

Karin rief an, als er gerade das Kraut im Topf erwärmte.

»Papa, deine Marmelade war im Fernsehen.«

»Was redest du da?«

»Ehrlich. Medinski hat sie eine geschätzte Minute in die Kamera gehalten und darüber philosophiert.«

»Und sie als seine ausgegeben?«

»Quatsch. Als Geschenk eines Unbekannten.«

»Ich geh mal schauen. Nehm das Telefon mit.«

»Die Sendung ist doch schon vorbei. Guck in der Mediathek.«

»Sprich Deutsch mit mir.«

»Warte, ich schick dir 'n Link.«

Auf dem Telefontisch piepste das Handy mit dem großen Bildschirm, das Sebastian ihm zuletzt dagelassen hatte. Herr Schmidt konnte und wollte nichts damit anfangen.

Er häufte sich das Essen auf den Teller und trug es hoch ins Schlafzimmer. Setzte sich auf den Stuhl neben Barbara. »Paar Schneeflocken wären jetzt gut, oder?«, fragte er. Er hatte das Gefühl, sie mit seinen Kaugeräuschen zu stören. Das Blaukraut war nicht ganz durcherhitzt, er ließ ziemlich viel übrig, stellte den Teller auf der Fensterbank ab, strich Barbara übers Haar.

Zurück in der Küche, holte er eine große Tupperdose hervor und häufte die Reste aus den Töpfen hinein, was sich als Fehler herausstellte, denn es ergab einen unappetitlichen Haufen. Hätte er mal lieber drei verschiedene Dosen genommen. Er wickelte mehrere Scheiben Früchtebrot in eine Folie und legte alles zusammen in den Korb, den Barbara früher zum Einkaufen mitnahm. »Pech«, sagte er in Helmuts erwartungsvolles Gesicht. »Diesmal nicht.«

Er hatte Sorge, dass der Penner nicht mehr in der Unterführung sitzen würde. Ein wenig hoffte er sogar darauf. Doch natürlich war er noch da, wo sollte er auch sonst hin. Herr Schmidt ging ächzend auf die Knie und begann, seine Mitbringsel auf einem ausgebreiteten Küchentuch auszupacken.

»Was ist das?«, fragte der Penner, ohne besondere Freude zu zeigen.

»Weihnachten«, sagte Herr Schmidt. »Das Blaukraut ist aus der Dose, ich hab es aber noch mal aufgekocht.« Barbaras Pullover, in den er die Sachen zusätzlich gewickelt hatte, hatte alles erstaunlich gut warm gehalten. Er reichte dem Mann die offene Tupperdose und wickelte eine Gabel aus der Serviette. Der Penner nahm die Gabel zögernd, spießte ein Stück Gulasch auf und roch daran.

»Lamm?«

»Wildschwein.«

Der Typ nickte anerkennend, steckte sich den

ersten Bissen in den Mund und begann zu kauen. Herr Schmidt sah eine Weile zu, besann sich dann und schaute woandershin. So viele Tüten hatte der Kerl, wozu brauchte man so viele Dinge? Das Knien war eine Zumutung, die Betonkälte kroch durch die Arbeitshose direkt in Herrn Schmidts Gelenke hinein. Doch jede andere Position wäre noch schlimmer gewesen. Ächzend schob er sich Barbaras Pullover unter die Knie.

»Auch ein Stück?«, fragte der Penner.

Herr Schmidt winkte ab. »Hab schon.«

Jetzt konnte man genau sehen, dass es sich bei dem Penner um einen Mann handelte. Der schwere Kiefer, der breite Hals. Strähnen hingen ihm ins Gesicht, er wischte sich mit dem Ärmel über den Mund, obwohl Herr Schmidt doch extra Servietten eingepackt hatte. Der kleine Hund wachte endlich auf und verfolgte wie hypnotisiert jede Kaubewegung. Herr Schmidt kramte in der Jackentasche, ein paar Leckerli waren immer drin.

Der Mann hatte die Tupperdosen im Nu geleert und wickelte den Früchtekuchen aus der Folie. »Hat die Frau gebacken?«

»Nein, ich.«

»Keine Frau?«

»Doch«, sagte Herr Schmidt. »Barbara. Ist nicht ganz gesund im Moment. Nicht sehr groß, schlank.

Hellbrauner Mantel, blaue Augen. Sieht jünger aus, als sie ist. Hübsche Frau.«

»Kenn ich.«

»Wohl kaum.«

»Doch, kenn ich. Aus dem Jukuz.«

»Kennt jetzt wirklich jeder Barbara?«

Der Penner zuckte mit den Schultern. Der Früchtekuchen war schon weg, alle drei Scheiben.

»Satt?«, fragte Herr Schmidt.

Der Kerl schüttelte den Kopf.

»So ist es immer mit euch.« Herr Schmidt versuchte, wieder auf die Füße zu kommen, brauchte dazu aber ein paar Anläufe. Der Penner, selbst sicher nur halb so alt wie Herr Schmidt, war bestimmt schadenfroh bei dem Anblick.

Herr Schmidt spürte Wut in sich aufsteigen. »Warum sitzt du überhaupt hier? Warum arbeitest du nicht? Bist du krank? Bist du schwach?« Er erwartete keine Antwort, nicht einmal ein Dankeschön. Musste sich wieder bücken, um sein Zeug in den Korb zu werfen, den Pullover hinterher. »Hast du gesunde Arme und Beine, musst du arbeiten«, sagte er scharf. »Dass du dich nicht mal vor deinem Hund schämst.«

Der Penner schwieg, die Augen auf den Boden gerichtet. Herr Schmidt hatte endlich alles beisammen. Es ärgerte ihn, dass der Mann sich nicht einmal verteidigte. Herr Schmidt wartete, dass etwas passierte. Zumindest hatte er sich ein anderes, befreiendes

Gefühl erhofft. Stattdessen wurde die eisige Kälte mit jeder Sekunde unerträglicher, und er musste sich zusammenreißen, um nicht gegen die vollgepackten Tüten zu treten.

*

Am Morgen des zweiten Weihnachtsfeiertages hatte er keine Lust zu kochen. »Du isst doch eh nichts«, sagte er zu Barbara, deren flatternde Augenlider ihm recht gaben. Er setzte sich an den Computer und staunte über das Foto, auf dem Medinski seine, Herrn Schmidts, Birnenmarmelade in die Kamera streckte, und hielt sich sogar von der Diskussion fern, ob es *die* Marmelade des nächsten Herbstes sein würde und wie man bloß an das geheimnisvolle Rezept rankomme. Medinski hatte offenbar in seinem Video über das richtige Verhältnis von Haushaltszucker und Gelierzucker spekuliert und zudem angekündigt, unterschiedliche Mischungen auszuprobieren, sobald es wieder anständige Birnen gebe. Macht ruhig, dachte Herr Schmidt gleichgültig. Sein Birnbaum stand nackt da und sah schon wieder aus wie tot, trotz der Kugeln und des Lamettas, die Herr Schmidt wegen Henry aufgehängt hatte. Er überlegte, ob er unter den Beitrag, der nach den »besten Rezepten für den zweiten Weihnachtsfeiertag« fragte, schreiben sollte, dass er keine Lust hatte zu kochen. Dass kochen eigentlich die sinnloseste Beschäftigung auf der Welt war. Man gab sich Mühe, verschwendete Lebenszeit, und am Ende war alles entweder verdaut oder verschimmelt und weggeworfen. Ob man gut oder schlecht kochte, ob man überhaupt kochte, es änderte nichts am Lauf des Lebens. Er legte schon die Finger auf die Tastatur, um diese Erkenntnis auszuformulieren, da kam ihm Lydia in den Sinn. Wie wäre es für sie, so etwas zu lesen? Er ließ den Computer eingeschaltet stehen. Vielleicht sollte er sie anrufen. Nicht dass sie wieder allein und wartend neben dem Telefon saß.

*

Kaum hatte er das Gefühl, die Festtage überstanden zu haben, reisten die Kinder an. Karin und Mai kamen zuerst, sie hatten einen Teil der Feiertage bei Mais Familie in Süddeutschland verbracht. Leise betraten sie den Flur, als würde jemand schlafen, durchwanderten das Haus und fanden Herrn Schmidt vor dem ausgeschalteten Fernseher, die Stirn auf die Hände gestützt, dösend.

»Papa?« Karin stürzte sich auf ihn und begann, ihn am Hals zu befummeln. »Was ist mit dir, Papa?«

Er schob sie von sich. »Was soll schon mit mir sein?«

»So ein schöner Baum, Walter!«, sagte Mai mit der Nase am Fenster, die bestimmt schmierige Abdrücke hinterlassen würde.

»Ein ganz normaler Baum.«

Sie waren beide für ihre Verhältnisse leise, bewegten sich geschmeidiger, redeten kaum. Irgendwelche Taschen wurden in der Küche ausgepackt. Er saß immer noch da. Hörte Sebastian ankommen. Ob er den Jungen dabeihatte, war noch nicht zu hören. Herr Schmidt rührte sich nicht.

»Vater.« Sebastian steckte den Kopf zur Tür rein. »Frohe Weihnachten.«

»Selber.«

»Warum stehen die Geschenke für den Pflegedienst immer noch auf der Fensterbank?«

»Keine Ahnung.« Er hatte sie ganz vergessen, stattdessen jeder und jedem einen Fünfziger und einen Schoko-Nikolaus zugesteckt.

Sebastian sah aus, als wollte er etwas erwidern, doch dann überlegte er es sich anders. »Willst du Opa Hallo sagen, Henry?«, hörte Herr Schmidt. »Warum nicht? Das ist unhöflich.«

Ich will auch niemandem Hallo sagen, dachte Herr Schmidt.

Nun wieder Karin. »Papa, stör ich?«

»Ja.«

»Entschuldige bitte, ich wollte nur fragen, damit es keine Missverständnisse gibt. Was hast du heute fürs Abendessen geplant?«

»Nichts.«

»Wie?«

»Was ist an *nichts* unklar?«

Karin blinzelte. »Das ist etwas überraschend. Wir haben gar nichts vorbereitet, dachten, du hast wie immer alles geplant. Wollten dir auch nicht reinfunken, das magst du ja nicht so gerne. Ist denn was in der Tiefkühltruhe?«

»Woher soll ich das wissen?«

Karin verschwand, Mai kam wenig später vorbei und brachte ihm eine Tasse, deren Inhalt nach Toilettenstein roch. »Früchtetee okay?«

»Okay«, sagte Herr Schmidt, damit sie wieder abzog.

»Walter, wir haben überlegt, es ist natürlich etwas unkonventionell, aber wir könnten uns alle mit unseren Tellern zu euch ins Schlafzimmer setzen, damit wir bei Barbara sind, wie findest du das? Sie wird es sicher irgendwie spüren. Okay für dich?« Als er nicht reagierte, kraulte sie ihm die Schulter. »Danke!« Wenn sie neuerdings im Schlafzimmer essen und im Fernsehzimmer duschen wollten, bitte schön, dachte Herr Schmidt dumpf. Es war Weihnachten.

Er verabschiedete sich von niemandem, nicht einmal von Barbara. Sie waren ohnehin gerade alle in plötzlicher Aufregung mit den Vorbereitungen fürs Essen beschäftigt, als hätten sie tagelang gehungert, suchten Reste und Vorräte zusammen, schleppten irgendwas aus der Tiefkühltruhe heran. Herrn Schmidt war das genau recht. Er schlich sich hinaus, fast hätte

Helmut ihn verraten. »Du darfst nicht mit«, hatte Herr Schmidt ihm zugezischt. »Schau hier nach dem Rechten.« Er setzte sich ans Steuer, sah die beleuchteten Fenster des eigenen Hauses im Rückspiegel und trat so heftig aufs Gas, als wäre jemand hinter ihm her. Er brauchte das Navigationsgerät nicht, konnte sich noch gut erinnern. Der Weg war einfach: Autobahn, die Ausfahrt runter, den Schildern folgen. Kläglich kleine Tropfen fielen vom Himmel. Früher waren die Winter verschneit, dachte Herr Schmidt. Sonst aber war damals nichts besser gewesen.

Er fuhr auf den Parkplatz, der viel leerer war als beim ersten Mal. Feiertagsbesetzung, dachte Herr Schmidt. Das ganze Gebäude wirkte wie verlassen. Die meisten Leute waren wahrscheinlich bei ihren Familien. Er musste sich diesmal ohne Hanne zurechtfinden. Einiges war komplett neu: Den süßlichen Geruch hatte er beim ersten Besuch nicht wahrgenommen, auch die zahlreichen Treppen nicht und die merkwürdigen Gemälde an den Wänden.

Eine Frau kam ihm entgegen, von der er nicht sagen konnte, ob sie hier arbeitete, lebte oder zu Besuch war. Er hielt sie am Ärmel fest und fragte sie nach Artur. Sie kannte Artur und half ihm suchen.

Der Junge saß in einem der Gruppenräume auf einem mit Straßen bedruckten Teppich und verschob Autos. Dabei brummte er in unterschiedlichen Tonlagen vor sich hin. Herr Schmidt blieb in der Tür stehen.

Überrascht stellte er fest, dass Artur eine ziemlich gute Vorstellung von Kreuzungen und Ampeln hatte. Als kleiner Junge hatte er die noch nicht gehabt.

»Ich bin es«, sagte Herr Schmidt und sank auf die Knie, wie neulich auf den Asphalt, die Gelenke erinnerten sich schneller als der Kopf. »Kennst du mich noch?«

Artur murmelte etwas, das sich nach »Mama« anhörte.

»Tja, Junge«, murmelte Herr Schmidt zurück. Er streckte Artur die Hand entgegen. Artur richtete sich mit einer verblüffenden Leichtigkeit auf und zog Herrn Schmidt mit einem seltsamen Lachen zurück auf die Füße. Stark, dachte Herr Schmidt anerkennend. Jetzt ist er stärker als ich.

Später, am Steuer, dachte er, dass er alles falsch gemacht hatte. Er hatte Artur einfach so mitgenommen, ohne ihn abzumelden und ohne Gepäck. Vielleicht gab es ein Kuscheltier oder irgendwas, was der Junge unbedingt für die Nacht brauchte. Sebastian hatte seinen Schlafhasen gebraucht, bis er vierzehn war.

»Jetzt denken die bestimmt, ich habe dich entführt.« Herr Schmidt sah über den Rückspiegel in Arturs Augen. Der Junge schien besorgt, verängstigt. »Denkst du das auch?«

Die ersten Minuten der Fahrt verliefen entspannt. Doch irgendwann begann Artur, fragende Töne von sich zu geben. Herr Schmidt versuchte, ihm Dinge zu erklären, aber es half nichts, also schaltete er das Radio ein. Das half überraschenderweise gut. Sie fuhren auf die Autobahn, Artur war begeistert von der Geschwindigkeit.

»Kennst du das nicht? Alles Sonntagsfahrer grad. Komm, wir fahren bisschen schneller. Normalerweise ist es hier ganz voll.«

Die kleinen Tropfen hinterließen ein paar Kleckse auf der Windschutzscheibe. Bestimmt hatte er den Jungen nicht einmal richtig angezogen. Vielleicht fror er jetzt. Herr Schmidt war immer ganz schlecht bei so was, hatte hier den Schal vergessen, dort die Mütze verloren. Einmal hatte er sogar Artur auf einem Parkplatz vergessen, wo war da eigentlich Barbara gewesen? Danach war der Junge weg, der ganze Ort hatte nach ihm gesucht. Herr Schmidt hatte gar nicht verstanden, warum Barbara so verzweifelt gewesen war.

Er hatte das Gefühl, die ganze Zeit reden, Artur jeden Schritt erläutern zu müssen. Vielleicht verstand Artur ja doch was. Herr Schmidt hatte nicht einmal ein Weihnachtsgeschenk mitgebracht, weil er noch nie an so etwas gedacht hatte. Er hätte ihm einen Schein in die Hand drücken können, wie den Mädchen vom Pflegedienst, Geld brauchten sie ja auch dringender als Sebastians hübsch verpackte

Früchtetees. Aber was sollte der Junge mit dem Geld? Er durfte bestimmt nicht allein einkaufen gehen.

»Musst du mal?« Herr Schmidt war eingefallen, dass Kinder ständig aufs Klo wollten. Was war er früher sauer gewesen auf Karin und Sebastian und ihre eingeforderten Pausen. Wer von den beiden hatte sich eigentlich damals auf der Fahrt in die Berge in die Hose gemacht, weil Herr Schmidt nicht hatte halten wollen? Vielleicht waren es auch beide gewesen.

Er hielt an der gleichen Raststätte, an der er auf der Rückfahrt mit Hanne Kaffee getrunken hatte, öffnete die Autotür und zog Artur heraus. Artur schrie auf wie ein Tier, Herr Schmidt versuchte es sanfter. Er nahm die verkrampfte Hand des Jungen und betrat die Gaststätte, sah sofort, dass der Tisch, an dem er mit Hanne gesessen hatte, von einem verdächtig aussehenden Alten belegt war. An diesem Tag war doch kein normaler Mensch allein unterwegs. Die wenigen Leute und die Bedienung glotzten.

»Was ist?«, fragte Herr Schmidt. »Noch nie einen Behinderten gesehen?« Er vergaß, warum er eigentlich hier war, suchte einen Tisch aus und drückte Artur auf den Stuhl, doch der Junge stand gleich wieder auf. »Hier gibt's Käsekuchen«, sagte Herr Schmidt, aber Artur wurde unruhig, gab Laute von sich und wollte partout nicht sitzen. »Was ist? Kein Käsekuchen?« Er hatte das Gefühl, dass Artur bejahte. »Meinetwegen. Dann halt kein Käsekuchen. Mach ich dir welchen zu Hause.« Er hielt Arturs Hand ganz fest, damit der nicht mit dem Zuckerstreuer auf den Tisch trommelte. »Dann fahren wir halt gleich. Die warten doch alle schon.«

Die Geschichte der leidenschaftlichsten und durchtriebensten Großmutter aller Zeiten. Alina Bronsky gelingt eine Glanzleistung: Sie lässt ihre radikale, selbstverliebte und komische Hauptfigur die Geschichte dreier Frauen erzählen, die unfreiwillig und unzertrennlich miteinander verbunden sind – in einem Ton, der unwiderstehlich ist.

»Ein aufregendes, sehr empfehlenswertes Buch«
Christine Westermann, Frau TV

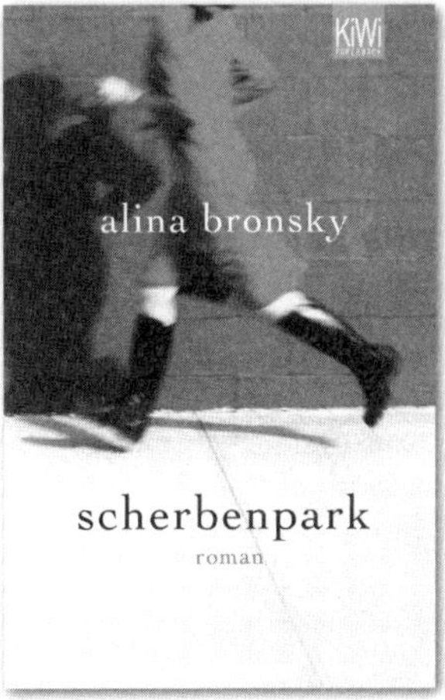

Selbstironisch und frech erzählt die junge Russin Sascha von ihrem Leben in Deutschland im Hochhaus-Ghetto »Scherbenpark«, und davon, wie ihre Familie durch ein Verbrechen erschüttert und zugleich berühmt wurde.

»Ein atemloses Stakkato, der Bronsky-Beat. Schon bald entkommt man dem Sog dieses Buchs nicht mehr.«
Frankfurter Allgemeine Zeitung

»Eine Literatur, die einen unglaublichen Erzählstrom entfaltet [...] der Text hat mich enorm begeistert.«
Ijoma Mangold

Leseproben und mehr unter www.kiwi-verlag.de